父愛

封面攝影　王　毅
責任編輯　舒　非
裝幀設計　鍾文君

書　　名　父　愛
編　　者　古　劍
出　　版　三聯書店（香港）有限公司
香港鰂魚涌英皇道一〇六五號一三〇四室
JOINT PUBLISHING (HONG KONG) CO., LTD.
Rm.1304, 1065 King's Road, Quarry Bay, Hong Kong
香港發行　香港聯合書刊物流有限公司
香港新界大埔汀麗路三十六號三字樓
印　　刷　中華商務彩色印刷有限公司
香港新界大埔汀麗路三十六號十四字樓
版　　次　二〇〇九年一月香港第一版第一次印刷
版　　次　二〇〇九年三月香港第一版第二次印刷
規　　格　特十六開（150×225mm）二〇〇面
國際書號　ISBN 978.962.04.2812.8

父愛

古劍 編

JPC HK

目錄

父親

阿城

一九八七年三月某晚我正在紐約夏陽的畫室裡，這個畫室是倉庫改建的，舊得好像隨時要出危險，但實際上甚麼意外也不會發生，意外是繞了半個地球從電話裡傳來的：父親病重。我立刻準備自美國離去。

從六十年代初，家裡就籠罩在父親病重的氣氛裡，記得夏天我們在院子裡與鄰居喧嘩，母親出來制止，我們還小，還不能隨時將父親的病重放在心上。

父親的病是在唐山勞改時染上的肝炎，由急性而慢性而硬化，之後，它將是父親死亡的原因。在隨時準備父親離開我們的時候，文化大革命開始了。父親是一九五七年的右派，是死老虎，批鬥，陪鬥，交待，勞動是象徵主義的，表示侮辱。之後，去幹校，一切都是當時的理所當然，但是，父親在理所當然會死去的時代沒有死，居然活到一九七九年。

這一年，對父親來說是重要的一年，猶如一九五七年。我記得春節之前的某日，接到電話，晚上回到父親家裡，父親背對着桌燈坐着，父親工作時面向桌燈，累了就轉過來，母親說，組織部來人了，準備在春節前把全國的右派平反的事落實，這當中有你父親，你怎麼看？我只想到，鍾惦棐這三個字前將要沒有形容詞了，但是，我沒有這樣說，我知道這件事對母親是非常重要的。

母親在一九五七年以後，獨自拉扯我們五個孩子，供養姥姥和還在上大學的舅舅。我成年之後還是不能計算出母親全部的艱辛，我記得衣褲是依我們兄弟身量的變化而傳遞下去的，布料是耐磨的燈芯絨，走起路來腿當中吱吱響，中式剪裁，可以前後換穿，所以總有屁股磨成的四個白斑，實在不能穿了就拆開由姥姥糊成布嘎渣做鞋，姥姥總說膀子疼，一年二十多隻鞋要一針一針地做。養雞，目的是要它們的蛋。冬日裡，雞們排在窗台上啄食窗紙上的糨糊，把窗戶處理得像風雨後的廟。當時，全國的百姓都被搞得很艱難。由於營養的關係，小妹妹姍姍體弱多病；三弟大陸和母親去拔紅薯秧給全家人吃，回來時興奮得臉上放光；四弟星座得了一次機會做客吃肉，差點成為全家第一個死去的親人……難都難，但不知道父親在勞改中怎麼過。我坐在椅子上，思量怎麼說我對平反這件事並不看重。我怕傷母親的心，可能父親也會生氣，這畢竟是改變了他一生的事情。

而且父親是右派這件事，也對我們很有影響，大哥里滿不能上高中，因為我們這樣的子弟是不能上大學的，而高中是為上大學做準備的。大哥是讀書的人，成績總是很好，我至今不知道此事對當時十幾歲的他在心理上有何影響；但父親執意要大哥再考高中。我想，這是一種寄託。大哥一九七八年從插隊的地方考上大學，父親在給我的信中只陳述了這一事實，不知道父親寫信時於燈下還想到甚麼？十八歲那年，父親專門對我說：咱們現在是朋友了，因為這句話，我省出自己已經成人。中國古代的年輕人在辟雍受完成人禮之後，大約就是我當時的心情：自信，感激和突然之間心理上的力量。於是在這個晚上，我想以一個朋友的立場，說出一個兒子的看法。

於是我說：如果你今天欣喜若狂，那麼這三十年就白過了，作為一個人，你已經肯定了自己，無須別人再來判斷，要是判斷的權力在別人手裡，今天肯定你，明天還可以否定你，所以我認為平反只是在技術上產生便利。另外，我很感激你在政治上的變故，它使我依靠自己得到了許多對人生的體悟，雖然這二十多年對你來說是殘酷的。

父親笑着說，我的黨齡現在被確定為四十年，居然有一半時間不在黨內。你媽媽今天燉了鍋牛肉，你去街上看看還有沒有切麵賣，我們吃牛肉麵。母親也很高興，敘說着今天的牛肉是託誰才買到的。父親就問有沒有蒜，牛肉麵沒有蒜怎麼成？

一九七九年以後，父親開始大量地寫文章，發表在那年的《文學評論》上的《電影文學斷想》，使很多人省悟到他還活着，中國電影出版社要將他一九五七年以前的文章結成集子，父親於是讓我去搜尋一下，北京圖書館的報和刊分兩處借閱，我剛從鄉下辦回城裡，沒有工作，就終日跑了東城跑西城，國家圖書館是不做報紙索引的，只能逐日翻所有報紙的所有版面，刊物則好多了，可以查目錄。父親以一篇《電影的鑼鼓》被毛澤東親自點名，我當時八歲，回答不出老師的詰問，學舌說爸爸是壞人，不會講敵人，因為不明白敵人是甚麼意思。二十多年後，我才親眼看到這篇文章，複印了拿回去給父親看，父親也有他的感觸，出版社怕得罪某某人，將書名定為《陸沉集》，父親要用《電影的鑼鼓》，最後只有妥協。一個搞地震的朋友，險些上當，經我提醒才沒有當工具書買回去。

父親的家裡，開始有許多人來了，母親見到某些面孔，提醒他警惕，父親明白，感慨門可羅雀和門庭若市的變化，但還是來了請坐，提供所需。父親認識許多死去的人，他說起五十年代去看老舍的《青年突擊隊》首演，老舍在應酬之間，低聲對父親說：這樣的戲你還來看！他講過不少趙丹的事，但只寫了一篇短文《趙丹絕筆》……我曾和父親議論過外行領導內行的問題，我認為應該是外行領導內行，內行做內行的事，擢其做領導，豈不使之成為外行？豈不浪費？古人說：無能故能使眾能，無為故能使眾為。父親說，論起羅織罪名，顯隱發微，還得內行，這樣的內行當領導，最能傷筋動骨，而外行頂多鬧些「關公戰秦瓊」的笑話，以求少傷害計，實在應該外行領導內行。我很少發宏論，但常說「我認為」，父親就講起他在幹校每每作檢查時說：「我認為」，於是遭到批判：極端資產階級個人主義，檢查的時候還在說「我」認為！父親很感激一個在幹校被定為歷史反革命分子的人，這個人見父親的交待總不能通過，便拿去修改一番，於是父親的交待不但通過，而且還被示為其他各種分子的臨時榜樣。父親詢其故，這個人說，我從前在國民黨的報紙做事，看家的本事就是這樣寫文章呀。父親又很可惜全國的交待材料都被銷毀了，認為應該選出一套「交待文學」來。巴金建議成立「文化大革命」博物館，父親說，其中可以陳列各種交待材料，我附議必須編一本「文化大革命」辭典，否則後人會很難釋讀這些交待；而且副詞連用「最最最」會讓後人認為祖先有一個時期都是結巴，於是給後世的古人類學、考古醫學、訓詁學的研究都造成困難。父親大笑。

父親身上有兩樣令我羨慕，一是笑，二是鼻子。在我還不能從理論上辨別對父親的判決時，只有從父親的笑聲裡認定他不會是壞人。父親的鼻子，從相術講，不但隆中，而且懸膽，但父親的際遇卻總是不配合他的鼻子，我想，這和他與電影的關係不無影響。電影發明了才一百年，相術還不能歸納它，但也難說，靠電影發跡的明星大部分與面相好有關。

每年總有幾部影片出麻煩，我向父親請教其中原因，父親說，電影是唯一能進中南海的藝術，唯其能進，所以麻煩。我也對電影劇本必須文學化不贊同，父親說，那你叫只懂章回話本的審查者怎麼明白你要拍甚麼呢？我於是明白父親是知其難為而為者，再好的鼻子也救不了他。母親常常憤怒於父親的不休息，我想我理解父親，某種人是不能休息的，休息對他們意味着放棄，於是，死亡就顯現了。

紐約大雪，美國不大與送人到門口的，所以夏陽在門外揮手，令我錯覺，以為已身處北京，轉頭便可去醫院看父親，互相說笑話，於是父親大笑，而且說：洗澡吧。

《紅樓夢》結束於大雪，猩紅的斗篷，兩行腳印一個人，離去時留下的，不似曼哈頓街頭如斯散亂。父親三月二十日去世，因為太平洋上那條人為的國際日期變更線，我在理論上和實際上都遲到了一天。

火化前，來人川流不息，其中有真正希望父親消失者，這使得父親像一個軍人，但父親只是一介連洗澡都不善解決的中國書生。夏天，用布圍住院子的角，提水來洗；冬天，公共澡堂像醫院，等叫到號才擠得進去。父親年紀大了，我陪他去，以防暈倒。在熱水裡，父親緊閉着眼睛，舒服得很痛苦，我這時想問甚麼是人生最大的幸福，又怕他忍不住失言。父親凡開會住可以洗澡的旅館，必通知許多同命運者去洗澡，然後大家頭髮濕濕地坐下來談洗澡以外的各種事。父親住醫院，也如此辦。護士對濕頭髮的探視者並不奇怪。沐和浴在中國從上古就是與身體最密切的事，除了飲和食，而且嚴肅到與心有關。漢代以後，日本學去不少沐浴的制式，愈洗愈有名堂。父親訪問日本回來後，我問觀感，父親說隨時可洗澡；再問觀感，說勝得好慘。雖然有中國電影藝術研究中心在主持料理父親的後事，北京電影製片廠遣專人協助，各地電影製片廠仍欲來人，母親說不出的感激，一一謝絕，吳天明還是從西安電影製片廠遣人助理，此時他環臂立於靈堂之外，不發一言，陝西人是自古見中國事最多的人之一，他明白這個書生生前做過甚麼，希望甚麼，遺憾甚麼。

我與大哥去撿拾父親的骨殖，焚化爐前大廳空空蕩蕩，遍尋不着，工人指點了，才發現角落裡擺一隻鐵箕，伏下身看，父親已是灰白的了，笑聲不再，鼻子不再，只有熔化的眼睛，滴落在額骨上。

父親的像前無以為祭，惟有《電影的鑼鼓》、《陸沉集》、《起搏書》、《電影策》這幾本他的心血文字。

多年父子成兄弟

汪曾祺

這是我父親的一句名言。

父親是個絕頂聰明的人。他是畫家，會刻圖章，畫寫意花卉。圖章初宗浙派，中年後治漢印。他會擺弄各種樂器，彈琵琶，拉胡琴，笙簫管笛，無一不通。他認為樂器中最難的其實是胡琴，看起來簡單，只有兩根弦，但是變化很多，兩手都要有功夫。他拉的是老派胡琴，弓子硬，松香滴得很厚——現在拉胡琴的松香都只滴了薄薄的一層。他的胡琴音色剛亮。胡琴碼子都是他自己刻的，他認為買來的不中使。他養蟋蟀，養金鈴子。他養過花，他養的一盆素心蘭在我母親病故那年死了，從此他就不再養花。我母親死後，他親手給她做了幾箱子冥衣——我們那裡有燒冥衣的風俗。按照母親生前的喜好，選購了各種花素色紙作衣料，單夾皮棉，四時不缺。他做的皮衣能分得出小麥穗、羊羔、灰鼠、狐肷。

父親是個很隨和的人，我很少見他發過脾氣，對待子女，從無疾言厲色。他愛孩子，喜歡孩子，愛跟孩子玩，帶着孩子玩。我的姑媽稱他為「孩子頭」。春天，不到清明，他領一群孩子到麥田裡放風箏。放的是他自己糊的蜈蚣（我們那裡叫「百腳」），是用染了色的絹糊的。放風箏的線是胡琴的老弦。老弦結實而輕，這樣風箏可筆直的飛上去，沒有「肚兒」。用胡琴弦放風箏，我還未見過第二人。清明節前，小麥還沒有「起身」，是不怕踐踏的，而且越踏會越長得旺。孩子們在屋裡悶了一冬天，在春天的田野裡奔跑跳躍，身心都極其暢快。他用鑽石刀把玻璃裁成不同形狀的小塊，再一塊一塊逗攏，接縫處用膠水粘牢，做成小橋、小亭子、八角玲瓏水晶球。橋、亭、球是中空的，裡面養了金鈴子。從外面可以看到金鈴子在裡面自在爬行，振翅鳴叫。他會做各種燈。用淺綠透明的「魚鱗紙」紮了一隻紡織娘，栩栩如生。用西洋紅染了色，上深下淺，通草做花瓣，做了一個重瓣荷花燈，真是美極了。用小西瓜（這是拉秧的小瓜，因其小，不中吃，叫做「打瓜」或「篤瓜」）上開小口挖淨瓜瓤，在瓜皮上雕鏤出極細的花紋，做成西瓜燈。我們在這些燈裡點了蠟燭，穿街過巷，鄰居的孩子都跟過來看，非常羡慕。

父親對我的學業是關心的，但不強求。我小時了了，國文成績一直是全班第一。我的作文，時得佳評，他就拿出去到處給人看。我的數學不好，他也不責怪，只要能及格，就行了。他畫畫，我小時也喜歡畫畫，但他從不指點我。他畫畫時，我在旁邊看，其餘時間由我自己亂翻畫譜，瞎抹。我對寫意花卉那時還不太會欣賞，只是畫一些鮮艷的大桃子，或者我從來沒有見過的瀑布。我小時字寫得不錯，他倒是給我出過一點主意。在我寫過一陣「圭峰碑」和「多寶塔」以後，他建議我寫寫「張猛龍」。這建議是很好的，到現在我寫的字還有「張猛龍」的影響。我初中時愛唱戲，唱青衣，我的嗓子很好，高亮甜潤。在家裡，他拉胡琴，我唱。我的同學有幾個能唱戲的，學校開同樂會，他應我的邀請，到學校去伴奏。幾個同學都只是清唱。有一個姓費的同學借到一頂紗帽，一件藍宮衣，扮起來唱「朱砂井」，但是沒有配角，沒有衙役，沒有犯人，只是一個趙廉，搖着馬鞭在台上走了兩圈，唱了一段「郡塢縣在馬上心神不定」便完事下場。父親那麼大的人陪着幾個孩子玩了一下午，還挺高興。我十七歲初戀，暑假裡，在家寫情書，他在一旁瞎出主意。我十幾歲就學會了抽煙喝酒。他喝酒，給我也倒一杯。抽煙，一次抽出兩根他一根我一根。他還總是先給我點上火。我們的這種關係，他人或以為怪。父親說：「我們是多年父子成兄弟。」

我和兒子的關係也是不錯的。我戴了「右派分子」的帽子下放張家口農村勞動，他那時還從幼兒園剛畢業，剛剛學會漢語拼音，用漢語拼音給我寫了第一封信。我也只好趕緊學會漢語拼音，好給他寫回信。「文化大革命」期間，我被打成「黑幫」，送進「牛棚」。偶爾回家，孩子們對我還是很親熱。我的老伴告誡他們「你們要和爸爸『劃清界限』」，兒子反問母親：「那你怎麼還給他打酒？」只有一件事，兩代之間，曾有分歧。他下放山西忻縣「插隊落戶」。按規定，春節可以回京探親。我們等着他回來，不料他同時帶回了一個同學。他這個同學的父親是一位正受林彪迫害，搞得人囚家破的空軍將領。這個同學在北京已經沒有家，按照大隊的規定是不能回北京的，但是這孩子很想回北京，在一夥同學的秘密幫助下，我的兒子就偷偷地把他帶回來了。他連「臨時戶口」也不能上，是個「黑人」，我們留他在家住，等於「窩藏」了他。公安局隨時可以來查戶口，街道辦事處的大媽也可能舉報。當時人人自危，自顧不暇，兒子惹了這麼一個麻煩，使我們非常為難。我和老伴把他叫到我們的臥室，對他的冒失行為表示很不滿，我責備他：「怎麼事前也不和我們商量一下！」我的兒子哭了，哭得很委屈，很傷心。我們當時立刻明白了：他是對的，我們是錯的。我們這種怕擔干係的思想是庸俗的。我們對兒子和同學之間義氣缺乏理解，對他的感情不夠尊重。他的同學在我們家一直住了四十多天，才離去。

對兒子的幾次戀愛，我採取的態度是「聞而不問」。了解，但不干涉。我們相信他自己的選擇，他的決定。最後，他悄悄和一個小學時期女同學好上了，結了婚。有了一個女兒，已近七歲。

我的孩子有時叫我「爸」，有時叫我「老頭子」！連我的孫女也跟着叫。我的親家母說這孩子「沒大沒小」。我覺得一個現代化的，充滿人情味的家庭，首先必須做到「沒大沒小」。父母叫人敬畏，兒女「筆管條直」最沒有意思。

兒女是屬於他們自己的。他們的現在，和他們的未來，都應由他們自己來設計。一個想用自己理想的模式塑造自己的孩子的父親是愚蠢的，而且，可惡！另外作為一個父親，應該盡量保持一點童心。

懷念父親

汪朝

今年，父親去世整整十個年頭了。

現在，我已經習慣了沒有父親的日子，做夢也很少夢見他。父親剛離去的那兩年，我在市場上看見他最愛吃的螃蟹，或是在街頭水果攤上看見新上市的瓜果，都會眼睛濕潤，心裡發緊，現在不會了。

父親是地地道道的慈父，他愛孩子，只因為我們是他的孩子。和很多中國的知識分子一樣，父親一生很坎坷，可我沒見過他衝我們發脾氣，甚至一次嚴厲的臉色也沒有過。對於我們學習的好壞，工作的優劣，他很少過問，並不是不關心，而是對我們完全尊重。他把自己放在跟我們完全平等的地位上，從沒有指派我們為他幹過甚麼事，直到他老了，身體不好了，他依然保持着他的自尊，不願麻煩我們。

父親在家裡話不多，我不記得跟他有過長時間的很正式的談話，隨便聊天是常有的，但也想不起有甚麼特別的內容。倒是他跟一些朋友們談得高興了，妙語連珠，風趣幽默，滿屋都是笑聲。哎，那時候可真是高興啊！

父親在外面是個作家，可是在家裡毫無威信，我們對他沒大沒小，極其隨便，兒女和孫女們都叫他「老頭兒」，他欣然接受，並且樂在其中。父親有些駝背，我和姐姐經常會拍拍他的背，喝道：「站直！」父親就順從地勉力把雙肩向後扳扳，然後微閉着眼睛，享受着我們的捶捶打打。有些來過我們家的人羨慕地說：「你們家氣氛真好。」有的年輕作家或是編輯到家裡來，由於不熟識，見到「汪老」很拘謹，我們就安慰他們：「別怕，他在家最沒地位了，我們都欺負他！」

我在工廠當工人的時候，一次到同事家去，她父親下班一進門，呼啦，全家人都湧到正房來了，接提包的、打洗臉水的、拿拖鞋的、倒茶的，各司其職。她父親擦過臉，坐下來，每個孩子都認真地匯報自己一天的行為，她父親略作品評，大家才各自散去。我見了這樣的場面真是瞠目結舌。回來看看自己的父親，簡直一點「譜」也沒有。

父親表達父愛的方式就是給我們做好吃的，然後看着我們吃。我們愛吃甚麼他都知道。父親是自己買菜的，這樣他在買菜的路上就可以籌劃着怎麼做，不過他還是經常要徵求我們的意見。時常拎着一塊肉到屋裡來問：「買了一塊牛肉，怎麼做，清燉還是紅燒？」我們漫不經心地看看那塊肉，發號施令：「清燉吧。」父親就興沖沖地回廚房做菜去了。有時正寫着文章，他會忽然起身去給晾在陽台上的小平魚翻個面。父親做菜是有一定之規的，他做的菜不能太「平庸」，得有一些說法，倒不是多講究，但必須有特點。他常在飯桌上很有興致地給我們講各地不同的風味特色，我卻只顧大快朵頤，將那些食文化拋諸腦後。不過，在他的影響下，我們甚麼都吃，樂於嘗試任何稀奇古怪的東西，從不挑食。前些時候我和同事一起去吃壽司，回想起多年前，父親曾用紫菜和米飯、肉鬆、海米、榨菜、黃瓜絲給我做過這東西，味道清鮮，比起店裡的壽司強多了。我才痛感到，原來我們吃過那麼多美味的，富於意蘊的食物。現在，也只有我哥哥汪朗對父親美食家的聲譽還有所傳承。

父親在家裡寫文章、寫字、畫畫、做飯、喝酒，我們都已尋常看慣，沒覺得有甚麼特別。那些對他評價甚高的評論文章和印象訪談，他看，我們也看，看了都挺高興，但絲毫不會對我們產生甚麼作用。我們還是和母親一起攻擊他，或者對他的文章亂提意見，橫加指責。只要他覺得有道理，就會照着我們的意見修改。父親的才華、文墨是無法繼承的。在一次紀念西南聯大的活動上，有人問，為甚麼在抗戰那麼困難的條件下，那麼短的時間裡，西南聯大能夠培養出那麼多傑出的人才？父親想了想，很有感觸地說了四個字：時運使然。這句話作為父親的寫照也是很恰當的。而我們兄妹三人都性情寬厚，心境平和，那應該是得益於父母的影響和遺傳。

在我們家裡，說甚麼都百無禁忌，也常常笑談生死。父親晚年，身體精神都不太好，偶爾我也由不得想到他的身後。但只有在父親去世後，我才覺得我的生命中空了一大塊，知道有父親在，是多麼幸福和幸運。父親這個稱呼一般只見諸於書面，一旦這樣稱呼我們叫慣的「爸」和「老頭兒」，其實就已經是「先父」了。父母都還健在的人們，珍惜吧。

編者注：汪朝為汪曾祺之女。

憶父親

林太乙

我從哥倫比亞大學回家，發現母親在哭，而父親吸着煙斗，想不出甚麼話來安慰她。原來父親為了發明中文打字機，製造模型，不但把多年的積蓄用完，還向銀行和朋友借錢，背下了一身債。我們不得不賣掉我們的公寓和傢具。

父親林語堂從二十三歲起就夢想發明一架人人無須受訓練就會用的中文打字機。關鍵在於重新把漢字分類，進而發明一個便利的鍵盤。一九三一年，他三十六歲時，以為已經把這問題解決了。他從上海到美國去和工程師研究打字機的設計，回國的時候口袋裡只有三毛錢。但是他念念不忘這個夢想。

現在，由於寫了好幾本暢銷書，也有了幾萬美元的積蓄，於是他開始積極進行。問題層出不窮，每個零件都須請工程師繪圖，以人工製造。開銷越來越大，但是既然已經投資這麼多錢，實在不能半途而廢。

模型造好之後，只須按三個鍵便可以打出一個字，比起當時的商務印書館的笨重難打的打字機，實在方便得多。

父親開記者招待會，各大報以大篇幅刊出林語堂發明中文打字機的消息，我們家一連開放三天，歡迎各界人士來參觀。語言學家趙元任說：「這是個了不起的發明。」

一九四八年，美國默根索拉排字公司和父親簽約付了兩萬美元，取得獨家研發中文打字機的權利，但是由於中國內戰，沒有進行製造。父親發明打字機背的一身債要許多年以後才能還清。他從不抱怨，從不後悔。「人要有夢想，才會有進步。」他說。

三十年後，電腦時代開始，父親研發的「上下形檢字法」和鍵盤被台灣神通公司採用為電腦輸入法，父親的夢想終於實現。

當時父親賣掉房子之後，到巴黎聯合國教科文組織任美術與文學組主任，但是做了六個月卻不幹了。他過慣我行我素的日子，吃不消那種開會討論問題、通過議案的日子。

那時，他已經五十六歲，父母親在法國南部過着非常簡樸的生活。工作之餘，兩人一起去菜市買菜，或是在露天咖啡館坐坐，有時他因為工作累了，會發出「啊」的一聲大叫，或是打個很大聲的呵欠，他才不在乎別人回過頭來看他呢。他喜愛無拘無束的生活。在法國的公園裡或是街上，常見男女在擁抱親嘴，父親看見了，會笑嘻嘻用法語大聲叫喊「一二三四五六七……」數他們親嘴維持幾秒鐘。

父親生性憨直純樸，從不懷疑別人。他請的美籍機械工程師看見打字機得到報界注意，突然說，打字機是他發明的，要和父親打官司，父親只好請律師把問題解決了。

他一生遇到的挑戰很多。我祖父是個鄉下的窮牧師，卻充滿夢想。祖父是向人借錢才能送父親到上海聖約翰大學讀書的。父母親結婚之後到美國，父親在哈佛大學攻讀碩士學位時，因為母親生病兩次入醫院動手術，把他們的錢花完了，有一個星期父親只有錢買一罐老人牌麥片吃，而不得不低頭向外祖父借錢維持生活，他才能夠繼續讀書。

對父親來說，哈佛大學就是擁有幾百萬本書的衛德諾圖書館。他比喻自己在圖書館求知的經過，像一個猴子在森林裡尋找堅果。他鼓勵我們隨便看書，有興趣就看下去，沒興趣就擱下，他要我們自己發現誰是好作家，誰的名譽雖然大、作品卻是平平。

父親對甚麼都感興趣，而且對甚麼事，無論大小，都有自己一套理論，往往滔滔不絕地講給我們聽。拿小事來說，一九三六年我們舉家從上海搬到美國去住之後，不再有傭人，家務樣樣自己做。父親對擦皮鞋很起勁，他站在路上仔細觀察擦皮鞋的黑人小童怎樣把皮鞋擦得發亮，然後教我們怎樣在鞋上抹油，用條軟布劈劈啪啪地擦，他的手勢就像街口的小童一樣，擦出來的鞋和小童擦的一樣光亮，他得意得不得了。

父親的書房叫作「有不為齋」，朋友問是甚麼意思，他的答案是：

我始終背不來總理遺囑，在三分鐘靜默的時候不免東想西想。

我從未說過一句討好人的話。

我不今天說月亮是方的，一個禮拜之後說月亮是圓的，因為我的記性很不錯。

這些話是父親在三十年代說的，而他一直到老都沒有改變。這也許也是他寫作成功的原因。他寫的文章都是「真」的，他不怕把他的感情和思想坦率地表露出來，從不管別人對他怎麼想法。

父親的人生觀簡單地可以這麼說：「我認為合情理的精神是人類文化的最高理想，而合情理的人也就是最有教養的人，一個合情理的革命家並不是一把新掃帚，把整個宇宙掃得一塵不染，卻總寧願留下一點塵垢。一個合情理的戒酒者，偶爾也喝一兩杯。一個合情理的素食者，也總可以偶爾吃一塊牛排。如果一個人發現了偉大的科學真理，但卻失去了人性，又有甚麼好處呢？大智慧在於不要對人性太苛求。」

這也許是他幽默感的出發點，他能夠看出做人的矛盾，而寬恕一個人，因此他的幽默是謔而不虐的幽默。

父親在壓力之下，也能保持他的幽默感。一九五四年他出任南洋大學校長之後，有人便想辦法把他弄下台，許多報紙都攻擊他，小報更加兇惡，有一家小報竟然刊登了一個人的照片，加以說明是「林語堂的兄弟，是一個吸毒的挖墳墓的人」。我看了十分生氣，對父親說：「他們怎麼可以這樣胡鬧？」父親把報紙拿過來一看，微笑道：「面貌倒有點像我」。

父親一直到老心裡都充滿夢想，覺得世界是美好的。對我來說，他是最好的父親。一九九四年是父親百歲誕辰，我特書此文作為紀念。

編者注：林太乙為林語堂之女。

遺傳

張賢亮

早年讀朱自清先生的《背影》，才發現世界上還有那樣的好父親、那樣溫馨的父子之情。感動之餘，不由得有點埋怨起自己的父親來。後來大了，有時想，如果我父親和朱先生的父親一樣，我以後一生的「感情形態」（這是我杜撰的詞）也許會比現在好得多吧。

不論父親的背影還是正面，我都有些怕。確切地說，也不是怕，而是一種疏離感。這倒不是出於甚麼俄底甫斯情結，因為這與戀母情結無關，我父親與母親之間也沒有甚麼感情，所以我並不用因此而吃醋。讀過「五四」以來文學作品的人差不多都會發覺，與自己父親有深厚感情的作家極少。魯迅、胡適、巴金等等，好像都傾心於自己的母親，筆下很少對父親寫過好話。

細細想《背影》之所以列為「五四」以來最優秀的散文作品之一，幾乎每個時代的教科書都選了進去，是不是與它表現了在中國少見的父子情的緣故有關呢？我真的不認為中國人有很深的俄底甫斯情結。我想這主要還在於中國傳統的父道在作祟：「嚴父慈母」，一向是我們的治家格言。這不僅是工作上的分工，也是感情上的分工。父「嚴」，總讓兒子怕兮兮的。如不嚴，又覺得有點不像父親了。「二十四孝」中的「老萊子彩衣娛親」的傳說，魯迅曾斥之為「噁心」的。也許是我看的書少，我看過的稗官野史裡就從來沒見老子穿着彩衣逗兒子的故事。

平心而論，父親對我並不嚴，不嚴到不管的程度。就這樣我還有意見，可見得父親也難當了。在我的印象中，一、父親從來沒問過我功課；二、父親從來沒管過我起居衣着；三、父親從來沒約束我的操行……總之，現在要我回憶我父親教導了我些甚麼，腦子裡完全是一片空白。這也就是在前二十二年中老要我交代受了資產階級家庭甚麼影響而我總交代不出的原因之一。我最記得清楚他的一句話是：有一次吃飯時，同桌有一位老太太說，人的眼光是有毒的，盯在一樣東西上看久了那樣東西就會腐爛。他聽了笑得飯都噴了出來，說，「要是那樣，女人的大腿都爛光了！」

其實，父親在我面前多半是不苟言笑的。甚麼都不管也是一種「嚴」，就像現在有的幹部，越不管事、不表態，給人的印象卻越「嚴」一樣。因為他在我面前不苟言笑，所以他的這句笑話我倒能記一輩子。而我在我兒子面前經常嬉皮笑臉，我想將來我兒子恐怕連我的一句話都記不住。這也是沒有辦法的事情。

看自己的面孔，就深感我們這個家族越來越不像話，衰敗的跡象都掛到臉上來了。雖說我們沒有深厚的父子情，我仍然曾經保存過他老人家的一張照片，歷經兩次勞動改造直到一九七〇年才毀掉。這實在是因為他老人家長得太漂亮的緣故。照片是一九四六年他在上海照的。那正是抗日勝利以後，他很得意的時期。那時，他的生活日用品全要在上海專賣高檔洋貨的惠羅公司去買。這家公司，老上海人大概還有記憶。他出現在櫃台前面，售貨員總會把他當做洋人，要用英語跟他說話，就可見其「紳士」風度了。他那張照片，是可以當做電影明星的照片把玩的。一九七〇年七月的一天夜裡，農場的專政隊員突然把我從牛棚中叫出來，帶到一處臨時改為審訊室的托兒所去拷問。我就知道大事不好，我又要升級了。那天的審訊是莫名其妙的，說我和賀龍有甚麼關係，這簡直是抬舉我，實際上不過是升級考試的一個形式罷了。拷問時，十個彪形大漢聲嚴色厲，揎拳捋袖，從半夜審到凌晨，他們混了頓加班飯吃，於是審訊者與被審訊者都完成了任務。我算是通過了升級考試，把我從牛棚換到土監獄。專政隊員押我取鋪蓋的時候，我乘機把老人家那張照片掖到襯衣裡，清晨，犯人們和泥脫土坯，我分工和泥，看看背槍的專政隊員面向別處，就忙將照片用腳踹進泥塘裡了。

從此，我和這個家族在形式上斷絕了任何聯繫。這是聰明之舉。因為進土監獄以前，我的鋪蓋和僅有的一個裝雜物的紙箱子被翻了個底朝天。倘若被革命群眾翻到了這張照片，那可比甚麼和賀龍的風馬牛不相及的關係要嚴重得多了。

一九七三年，我出了土監獄。一次我又到這個泥塘邊去勞動，我用鍬翻遍了兩年前我腳踹的地方，那張照片竟蕩然無存，連紙渣都找不見了。可見得一個人的骨骸和一個人的形象，是那麼容易就會消失掉的。

但是，他的模樣卻經常浮現在我的眼前。年紀越大，浮現出的時候越多，這並不是如弗洛伊德在《圖騰與禁忌》中所說的出於犯罪感，要把被自己殺死的父親請回來，而是一種老了的徵兆吧。不過弗氏又說，「父親因他之死成了真正的父親，換句話說，父親只是在成為象徵性的父親之後才成了真正的父親。」這句話我卻認為不錯的。

兒子也逐漸大了，從他模樣上看比我強點，但仍看不出將來能達到他祖父的水準。在遺傳學上，不知這種馬鞍形現象屬於甚麼原因了。

我總覺得我身上有許多東西是從隔代遺傳獲得的。不是從我父親、甚至也不是從我祖父，而是從高祖、甚至從猿猴那裡傳下來的。比如說吧，我祖父和父親兩代人養尊處優，連鋪床疊被這樣的事都沒幹過，而我居然熬過了長達二十二年的勞動改造生活，如果不是血液裡有另外一種甚麼東西那怎麼行呢？父親就是一輩子過得太舒服了，終於熬不到給他「平反」的時候就瘐死在看守所裡。他在一九五二年的一天夜裡被捕，一九五四年看守所通知我這個繼承人去領遺物。他在看守所關押了兩年也沒最後判決。當時雖然我已經有十八歲了，雖然讀過了許多書，但在法律常識上還和絕大多數中國人一樣毫無所知，以為不會錯的。連問也不敢去問一下，也無處可問。從此以後，我就不僅是個「官僚資產階級」子女，並且是個「關、管、鬥、殺」的子女，在新社會漫長的初級階段，命運就可想而知了。

檢視他的衣服，全部爛得不可收拾。唯一完整的是一塊極講究的懷錶，撥弄一下尚能嘀嗒嘀嗒地走。銀質的錶面上刻繪着張學良將軍的頭像，這是「少帥」送給他的。一九八五年，我在哈佛大學一次講演的開場白中說，三十年代初期，我父親曾在這條查爾斯河畔漫步。當時，抗日的烽火已經瀰漫了中國。我父親在幾次漫步之後，終於毅然地放棄了在哈佛商學院就讀的機會，回到祖國參加了抗日鬥爭……接下來，我才簡略地敘述了中國知識分子探索救國道路的漫長歷程。而事實上是，他回來以後就給張學良當了英文秘書。「平反」雖然是個很古老的詞，但為人人所知還是在社會主義的八十年代。給我「平反」時我很自然地想起他來，我堅信他要能和我一樣地熬着活過來，肯定也會「平反」的。正是為了熬着活命，那塊懷錶我當即就賣給敲小鼓的，換了十萬塊舊幣，折合現在的人民幣十塊錢。

我的記憶中他老人家在生活上是舒服得過分了點，早晨眼睛一睜開先要發頓「被窩瘋」，也就是說看甚麼都不順眼，罵人、摔東西，然後等傭人把牛奶麵包端到床上來用早餐、看報。他幹過「官事」、辦過公司、開過工廠，但他既不像官僚，也不像資本家，完全是一副藝術家的派頭。每天搞一幫票友唱京劇、唱崑曲，要不就忙着辦畫展。至今我還記得他怡然自得地唱《坐樓殺惜》的樣子，「宋公明，打罷了退堂鼓，將身來到烏龍院……」我之所以堅信他會「平反」，就在於他可說一輩子沒扮演好那個社會分配給他的角色。他辦不成好事，幹壞事也不會徹底的，純粹是一個俄羅斯文學中的奧勃洛摩夫，即「多餘人」的典型。至於他怎麼會從一個熱血青年變成奧勃洛摩夫的，這就和我祖父從廢除打屁股、高唱馬賽曲到一個被「革命群眾」批判為「三迷」的老朽一樣，出於同一的性格因素。

毫無疑問，我比他們能熬。這種「熬」的功夫可能是隔代遺傳也可能是遺傳上的變異。可是，在受不了挫折和容易被環境所感染這點上，也許我還是與他們一脈相承的呢。這是我常深自警惕的。然而，理智是否能克制根植於基因中的遺傳密碼的決定性影響，卻是有疑問的。

兒子很愛畫畫，現在居然畫得有點樣子了。畫面以太空為背景，人造衛星和宇宙飛船到處亂飛。這方面他很像他祖父而不像我，又是隔代遺傳的作用了。我有時想，我父親如果不去讀甚麼哈佛商學院，不去給大官當秘書，不去經商，而是一門心思放在繪畫上，肯定能成為一個有成就的美術家著稱於世，他的命運和我的命運都會改觀。他畫畫和我兒子一樣完全是無師自「通」。這個通字我之加個引號，只不過是我以為他「通」而已。現在回憶兒時看過的他的作品，已經蒙上了一層印象派的色彩，好似出自莫奈的手筆。如今想在腦海中還原已經不可能了，但那時我的確認為他畫得真「像」。「像」，雖然是一種幼稚的審美標準，但也可見他的基本功了。他專攻油畫，喜歡濃抹重塗，用色強烈，也許這是享樂主義者的一個特點吧。最使我感興趣的是他畫的肖像畫，因為孩子只有從肖像畫上才容易看出像與不像來。奇怪的是，這位享樂主義者在當時那種繁華的氛圍中，筆下所有人物的面部表情卻都帶着憂鬱的神色。這不知是流露了他的深層心理呢，還是暗示了他未來的不幸。

我一點也沒有繪畫的天分，不過我寫小說比較注意氛圍的經營和景物的描繪，大概得自他的遺傳。父親早已成了象徵性的父親，為甚麼象徵性的父親才會成為真正的父親呢？我想這大約來自一種既不能擺脫傳統的苦悶又覺得自己隨心所欲皆不會越出傳統的欣喜吧。我就覺得自己的年紀越大，越能從自己的所作所為中找出父親的影子來。從這種現象出發深入分析下去，也許不僅能得出一種生理學的規律，還能得出一種社會學的規律呢，可惜這種工作還沒人去做。

我兒子和我都常爆發神經質的突發動作，比如坐得好端端的突然跳起來亂蹦，或是猛地大叫一聲等等。在家裡只有我們父子倆的時候就時有發生。毫無原由地兩人會一齊跳起來，跳的姿勢極其難看，說不好聽，就像傳說中僵屍的那種跳法，直挺挺地往上竄，邊跳邊吼。跳罷了又一齊狂笑。笑完了又好像根本沒有發生甚麼事一般，再各幹各的，我看書，他畫畫。祖父我不清楚，只記得父親也有這種毛病：書房裡常傳出他怪腔怪調的叫聲，母親還說我嬰兒的時候曾被他咬傷過。在我還沒有孩子時，想起他與我的這種相似，以為是都出於心情苦悶和抑鬱。有了孩子後，發現孩子也如此，七八歲的孩子總不會是由於心情的緣故吧。於是才知道這種神經質其實來自家族的遺傳，是一種來自身體內部的需要或衝動。不是這個家族內部的人不能理解，會斥之為「神經病」的。

常說人是一種最複雜最莫名其妙的動物，其實不然。我覺得，人平時的小動作小習慣直到社會行為甚至偉大的行動，好像都可以從他身體內部的某一種東西上得到解釋，或者說是由那種甚麼東西所支配的。問題不過是那種東西是甚麼卻難以弄清楚罷了。有道是「知子莫若父」，反過來也可說知父莫如子了。現在我只能用家族這種遺傳的神經質來推想他的行為。他放棄了學業急急忙忙跑回國參加抗日，「雙十二」事變以後又冒冒失失地投身於商界，上海解放前夕又興沖沖地搞反蔣活動，我還記得上海解放那天夜裡他站在我們家的樓頂上大喊大叫，無比興奮的樣子。只有我知道這些都不是出於甚麼思想進步，而是在每一次社會變遷面前都有一種莫名其妙的衝動。

為甚麼這樣貶低他呢？因為還可以找出許多相反的例子。比如說吧，他在舊社會的不務正業，吃喝玩樂，「交際」到濫交的程度等等。那時不少所謂的軍政要員直至特務頭子經常跟他一起狎遊。我估計他被捕就是受了這方面的牽連，其實並沒有多大罪過。前面我說他始終沒有扮演好社會分配給他的角色，也可以換句話這樣說：他本屬於資產階級，卻沒有資產階級意識。他一輩子都由祖傳的神經質的衝動、也即下意識所支配，茫茫然於兩大敵對陣營之間，哪裡熱鬧就往哪裡湊。他活得又年輕，被捕時僅四十三歲，最後一事無成，瘐死獄中。

明白了自己家族的毛病，常引以為前車之鑒。唯一的辦法好像只有反其道而行之了。我跟定了一種信仰，雖多次遭到來自同一陣營的批判而不悔，有移居海外的機會卻偏偏賴着不走，說老實話，並非甚麼「思想好」，實在是怕再蹈覆轍。

父親四十三歲被捕，我四十三歲「平反」。同歲一進一出，是命運呢？抑或也是一種反其道而行之呢？

兒子剛滿九歲，離四十三歲尚遠，誰知道屆時他會怎樣，如果如莊子所說：「萬物皆種也，以不同形相禪，始卒若環，莫得其倫」的話，我倒願意他「相禪」我祖父即他曾祖而不是他的祖父。給兒子洗澡時常想起蘇軾的《洗兒戲作》「人皆養子望聰明，我被聰明誤一生。惟願孩兒愚且魯，無災無難到公卿」。「公卿」不敢奢望，只求別再送去勞改其願足矣。

梁曉聲

普通人

父親去世已經一個月了。

我仍為我的父親戴着黑紗。

有幾次出門前，我將黑紗摘了下來。但倏忽間，內心裡湧起一種悵然若失的情感。戚戚地，我便又戴上了。我不可能永不摘下。我想。這是一種純粹的個人情感。儘管這一種個人情感在我有不可殫言的虔意。我必得從傷緒之中解脫，也是無須乎別人勸慰我自己明白的。然而懷念是一種相會的形式，我們人人的情感都曾一度依賴於它……

這一個月裡，又有電影或電視劇的製片人員，到我家來請父親去當群眾演員。他們走後，我就獨自靜坐，回想起父親當群眾演員的一些微事……

一九八四年至一九八六年，父親棲居北京的兩年，曾在五六部電影和電視劇中當過群眾演員。在北影院內，甚至範圍縮小到我當年居住的十九號樓內，這乃是司空見慣的事。

父親被選去當群眾演員，毫無疑問地最初是由於他那十分惹人注目的鬍子。父親的鬍子留得很長，長及上衣第二顆鈕扣，總體銀白，鬚梢金黃，誰見了誰都對我說：梁曉聲，你老父親的一把大鬍子真帥！

父親生前極愛惜他的鬍子，兜裡常揣着一柄木質小梳，閒來無事，就梳理。

記得有一次，我的兒子梁爽，天真發問：「爺爺，你睡覺的時候，鬍子是在被窩裡，還是被窩外呀？」

父親一時答不上來。

那天晚上，父親竟至於因了他的鬍子而幾乎徹夜失眠，竟至於捅醒我的母親，問自己一向睡覺的時候，鬍子究竟是在被窩裡還是在被窩外？無論他將鬍子放在被窩裡還是放在被窩外，總覺得不那麼對勁……

父親第一次當群眾演員，在《泥人常傳奇》劇組，導演是李文化。副導演先找了父親，父親說得徵求我的意見。父親大概將當群眾演員這回事看得太重，以為便等於投身了藝術，所以希望我替他作主，判斷他到底能不能勝任。父親從來不做自己勝任不了之事，他一生不喜歡那種濫竽充數的人。

我替父親拒絕了。那時群眾演員的酬金才兩元，我之所以拒絕不是因為酬金低。而是因為我不願我的老父親在攝影機前被人呼來揮去的。

李文化親自找我——說他這部影片的群眾演員中，少了一位長鬍子老頭兒。

「放心，我吩咐對老人家要格外尊重，要像尊重老演員們一樣還不行麼？」——他這麼保證。

無奈我只好違心同意。

從此，父親便開始了他的「演員生涯」——更準確地說，是「群眾演員」生涯——在他七十四歲的時候……

父親演的盡是迎着鏡頭走過來或背着鏡頭走過去的「角色」。說那也算「角色」，是太誇大其詞了。不同的服裝，使我的老父親在鏡頭前成為老紳士、老乞丐、擺煙攤的或挑菜行賣的……

不久，便常有人對我說：「哎呀曉聲，你父親真好。演戲認真極了！」

父親做甚麼事都認真極了。

但那也算「演戲」麼？

我每每以一笑了之。然而聽到別人誇獎自己的父親，內心裡總是高興的。

一次，我從辦公室回家，經過北影一條街——就是那條舊北京假景街，見父親端端地坐台階上，而導演們在攝影機前指手劃腳地議論甚麼，不像再有群眾場面要拍的樣子。

時已中午，我走到父親跟前，說：「爸爸，你還坐在這兒幹甚麼呀？回家吃飯！」

父親說：「不行。我不能離開。」

我問：「為甚麼？」

父親回答：「我們導演說了——別的群眾演員沒事兒了，可以打發走了。但這位老人不能走，我還用得着他！」

父親的語調中，很有一種自豪感似的。

父親坐得很特別。那是一種正襟危坐。他身上的演員服，是一件褐色綢質長袍。他長袍的後襬，掀起來搭在背上，而將長袍的前襬，捲起來放在膝上。他不依牆，也不靠甚麼，就那樣子端端地坐着，也不知已經坐了多久。分明的，他惟恐使那長袍沾了灰土或弄褶皺了……

父親不肯離開，我只好去問導演。

導演卻已經把我的老父親忘在腦後了，一個勁兒地向我道歉……

中國之電影電視劇，群眾演員的問題，對任何一位導演，都是很沮喪的事。往往的，需要十個群眾演員，預先得組織十五六個，真開拍了，剩下一半就算不錯。有些群眾演員，錢一到手，人也便腳底板抹油，溜了。群眾演員，在這一點上，倒可謂相當出色地演着我們現實中的些個「群眾」，些個中國人。

難得有父親這樣的群眾演員。

我細思忖，都願請我的老父親當群眾演員，當然並不完全因為他的鬍子……

那兩年內，父親睡在我的辦公室。有時我因寫作到深夜，常和父親一塊兒睡在辦公室。

有一天夜裡，下起了大雨。我被雷聲驚醒，翻了個身，黑暗中，恍恍地，發現父親披着衣服坐在摺疊床上吸煙。

我好生奇怪，不安地詢問：「爸，你怎了？為甚麼夜裡不睡吸煙？爸你是不是有甚麼心事啊？」

黑暗之中，但聞父親歎了口氣。許久，才聽他說：「唉，我為我們導演發愁哇！他就怕這幾天下雨……」

父親不論在哪一個劇組當群眾演員，都一概地稱導演為「我們導演」。從這種稱謂中我聽得出來，他是把他自己——一個迎着鏡頭走過來或背着鏡頭走過去的群眾演員，與一位導演之間聯得太緊密了。或者反過來說，他是太把一位導演與一個迎着鏡頭走過來或背着鏡頭走過去的群眾演員聯得太緊密了。

而我認為這是荒唐的。

而我認為這實實在在是很犯不上的。

我嘟噥地說：「爸，你替他操這分心幹嘛？下雨不下雨的，與你有甚麼關係？睡吧睡吧！」

「有你這麼說話的麼？」父親教訓我道，「全廠兩千來人，等着這一部電影早拍完，早被收了，才好發工資，發獎金！你不明白？你一點不關心？」

我佯裝沒聽到，不吭聲。

父親剛來時，對於北影的事，常以「你們廠」如何如何而發議論，而發感慨。不知從甚麼時候開始，他不說「你們廠」，只說「廠裡」了，倒好像，他就是北影的一員，甚至倒好像，他就是北影的廠長……

天亮後，我起來，見父親站在窗前發怔。

我也不說甚麼，怕一說，使他覺得聽了逆耳，惹他不高興。

後來父親東找西找的，我問找甚麼，他說找雨具。他說要親自到拍攝現場去，看看今天究竟是能拍還是不能拍。

他自言自語：「雨小多了嘛！萬一能拍吶？萬一能拍，我們導演找不到我，我們導演豈不是發急麼？……」

聽他那口氣，彷彿他是主角。

我說：「爸，我替你打個電話，向你們劇組問問不就行了麼？」

父親不語，算是默許了。

於是我就到走廊去打電話，其實是給我自己打電話。

回到辦公室，我對父親說：「電話打過了。你們組裡今天不拍戲。」——我明知今天準拍不成。

父親火了，衝我吼：「你怎麼騙我?!你明明不是給我們劇組打電話！我聽得清清楚楚。你當我耳聾麼？」

父親他怒赳赳地就走出去了。

我站在辦公室窗口，見父親在雨中大步疾行，不免地羞愧。

對於這樣一位太認真的老父親，我一籌莫展……

父親還在朝鮮人民共和國選景於中國的一部甚麼影片中擔當過群眾演員。當父親穿上一身朝鮮民族服裝後，別提多麼的像一位朝鮮老人了。那位朝鮮導演也一直把他視為一位朝鮮老人。後來得知他不是，表示了很大的驚訝，也對父親表示了很大的謝意，並單獨同父親合影留念。

那一天父親特別高興，對我說：「我們中國的古人，主張幹甚麼事都認真。要當群眾演員，咱們就認認真真地當群眾演員。咱們這樣的中國人，外國人能不看重你麼？」

記得有天晚上，是一個星期六的晚上，我和妻子和老父母一塊兒包餃子，父親擀皮兒。忽然父親喟歎一聲，喃喃地說：「唉，人啊，活着活着，就老了。」

一句話，使我、妻、母親面面相覷。

母親說：「人，誰沒老的時候？老了就老了唄！」

父親說：「你不懂。」

妻煮餃子時，小聲對我說：「爸今天是怎麼了？你問問他。一句話說得全家怪納悶怪傷感的……」

吃過晚飯，我和父親一同去到辦公室休息。睡前，我試探地問：「爸今天又不高興了麼？」

父親說：「高興啊。有甚麼不高興的！」

我說：「那你包餃子的時候歎氣，還自言自語老了老了的？」

父親笑了，說：「昨天，我們導演指示——給這老爺子一句台詞！連台詞都讓我說了，那不真算是演員了麼？我那麼說你聽着可以麼？……」

我恍然大悟——原來父親是在背台詞。

我就說：「爸，我的話，也許你又不愛聽。其實你願怎麼說都行！反正到時候，不會讓你自己配音，得找個人替你再說一遍這句話……。」

父親果然又不高興了。

父親又以教訓的口吻說：「要是都像你這種態度，那電影，能拍好麼？老百姓當然不願意看！一句台詞，光是說說的事麼？臉上的模樣要是不對勁，不就成了嘴裡說陰，臉上作晴了麼？」

父親的一番話，倒使我啞口無言。

慚愧的是，我連父親不但在其中當群眾演員，而且說過一句台詞的這部電影，究竟是哪個廠拍的，片名是甚麼，至今一無所知。

我說得出片名的，僅僅三部電影——《泥人常傳奇》、《四世同堂》、《白龍劍》。

前幾天，電視裡重播電影《白龍劍》，妻忽指着熒幕說：「梁爽你看你爺爺！」

我正在看書，目光立刻從書上移開，投向熒幕——卻哪裡有父親的影子……

我急問：「在哪兒在哪兒？」

妻說：「走過去了。」

是啊，父親所「演」，不過就是些迎着鏡頭走過來或背着鏡頭走過去的群眾角色，走的時間最長的，也不過就十幾秒鐘，然而父親的確是一位極認真極投入的群眾演員——與父親「合作」過的導演們都這麼說……

在我寫這篇文字間，又有人打電話——

「梁曉聲？……」

「是我。」

「我們想請你父親演個群衆角色啊！……」

「這……我父親已經去世了……」

「去世了？……對不起……」

對方的失望大大多於對方的歉意。

如今之中國人，認真做事認真做人的，實在不是太多了。如今之中國人，彷彿對一切事都沒了責任感，連當着官的人，都不大肯願意認真地當官了。

有些事，在我，也漸漸地開始不很認真了，似乎認真首先是對自己很吃虧的事。

父親一生認真做人，認真做事，連當群衆演員，也認真到可愛的程度，這大概首先與他願意是分不開的。一個退了休的老建築工人，忽然在攝影機前走來走去，肯定地是他的一份兒愉悦。人對自己極反感之事，想要認真也是認真不起來的。這樣解釋，是完全解釋得通的。但是我——他的兒子，如果僅僅得出這樣的解釋，則證明我對自己的父親太缺乏了解了！

我想——「認真」二字，之所以成為父親性格的主要特點，也許更因為他是一位建築工人，幾乎一輩子都是一位建築工人，而且是一位優秀的獲得過無數獎狀的建築工人。

一種幾乎終生的行業，必然鑄成一個人明顯的性格特點。建築師們，是不會將他們設計的藍圖給予建築工人——也即那些磚瓦灰泥匠們過目的。然而哪一座偉大的宏偉建築，不是建築工人們一磚一瓦蓋起來的呢？正是那每一磚每一瓦，日復一日，月復一月、年復一年地、十幾年地、幾十年地，培養成了一種認認真真的責任感。一種對未來之大廈矗立的高度的可敬的責任感。他們雖然明知，他們所有參與的，不過一磚一瓦之勞，卻甘願通過他們的一磚一瓦之勞，促成別人的冠環之功。

他們的認真乃因為這正是他們的愉悅！

願我們的生活中，對他人之事的認真，並能從中油然引出自己之愉悅的品格，發揚光大起來吧！

父親是一個普通得不能再普通的人。父親曾是一個認真的群眾演員。或者說，父親是一個「本色」的群眾演員。

以我的父親為鏡，我常不免地問我自己——在生活這大舞台上，我也是演員麼？我是一個甚麼樣的演員呢？就表演藝術而言，我崇敬性格演員。就現實中人而言，恰恰相反，我崇敬每一個「本色」的人，而十分警惕「性格演員」……

郁風

思念父親

最近在收到家人所寄國內剪報中有一則四方寸小紙片的剪報：

《郁曼陀先生傳》碑在西天目發現

這則「本報訊」原載今年（一九八九年）九月五日《杭州日報》，其中報道：「這塊用石灰石製成的碑，高一一三釐米，寬五一釐米，全文共五百四十八字，用楷書寫成，字跡清晰。它立於一九四四年，詳細記載了郁曼陀先生的經歷和業績，以及殉國年月」。此外並未提到立碑者和撰寫者的名字。

這不能不引起我的驚訝和猜測，我從來沒聽說過有這麼一志願為父親樹立的刻碑。唯一的是，家鄉浙江富陽縣參議會於抗戰勝利後的一九四七年，在鶴山腳下松筠別墅大門前建立的「郁曼陀先生血衣塚」前所立的碑，碑文是郭沫若先生撰稿，馬敘倫先生用楷書書寫。到了文化大革命期間，這塊碑和血衣塚已被徹底搗毀，儘管一九五二年中央人民政府根據上海市報告批准郁華（曼陀）為烈士，頒發給家屬的烈屬證上還有毛澤東的簽名。「文革」後的一九七七年我和母親回到家鄉，富春江依然環繞鶴山流去，而半山腰上的血衣塚舊址卻已成荒草廢墟。問縣府和鄉人，那塊碑十年前被砸破，斷石也蕩然無存。幸好母親手中存有馬敘倫先生書寫的原稿，捐獻給富陽縣政府，又經過當地各界人士五六年的磋商籌備，終於在一九八三年在鶴山上闢為公園的松筠別墅舊址建成紀念郁華郁達夫烈士的雙烈亭，並重刻了一塊「郁曼陀先生血衣塚」的碑，立於原血衣塚舊址。

然而，這塊新發現的碑是否就是原來的血衣塚碑呢？如果是，記者總不會不寫上郭沫若撰文的吧？原碑是橫幅，高約一米，寬約一點五米左右，新發現的卻是立幅，只有五十二釐米寬。而且是「字跡清晰。它立於一九四四年」，原碑卻是立於一九四七年。看來即便是斷碑一半也不像。

無奈我遠在南半球，無法向杭州了解真相和詳情。自從不久前來到澳大利亞，環境和思緒都不復先前，現在正是江南的初秋，這裡卻是春盡面臨炎夏。太陽每天雖從東方升起，卻不是由左向右轉向南天，而是向相反的方向轉到北方再向西方落下。思念起國內親人朋友和富春家鄉，就好像遠在夢中，如同隔世。

想到父親呢，更是如同隔世的隔世。一九三九年十一月二十三日，他在上海被日本佔領軍和漢奸政權設在租界極司菲爾路（今萬航渡路）的特務機關派人暗殺，至今已整五十年了。

記起去年在北京遇到《上海灘》編者約稿，談起今年是父親殉難五十週年，作為抗日戰爭中第一個在上海殉職的法官，《上海灘》應為文介紹，而作為他的女兒我應該寫。可是事隔一年，又遠離祖國到了南半球，突然收到這張小紙片剪報，便引起種種猜則和冥想。

一九四四年杭州還在日軍佔領下，竟然有人敢為一位被當局者置於死地的人樹碑立傳，從擬意、設計、撰寫到刻在石頭上成為碑，並把它樹立在離杭州城不遠的西天目山，這一整個過程都要擔當風險。然而竟有人——也許不止一個人這樣做了，不為名，不為利，無非只為給後世人知道曾經有過這樣一位在敵人漢奸的威脅下「守正弗撓。烈烈以死」（柳亞子為郁曼陀詩集寫的序文）的法官，同時也給當道反顏事仇的敗類以震撼。

如今要全面介紹父親的生平事跡是困難的，因為手邊沒有任何材料，連他的詩集也沒有。但對父親的恍如隔世的懷念，不能不聯繫到對上一代知識分子面臨生死抉擇的心路歷程的理解，無論是對是錯，記下一二也許不是全無意義的吧。

作為子女，總是很難全面客觀公正地理解父親。每一代人都戴着與生俱來的一直隨着他生長的整個時代社會賦予他的有色眼鏡，在生活距離中越是親近，越是會通過有色眼鏡放大一點不及其餘。譬如我二十歲左右時，只看到他對我的革命「自由」的限制，心目中把他放在阻礙社會前進的位置上，而從來不理會他在同樣二十歲時已經和梁啟超等革新派站在一起爭他的和社會的自由，也不理會他五十歲的當時站在複雜鬥爭的焦點和前沿所處的位置和所起的作用。直到我於上海淪陷後，自以為不顧生死奔向抗戰離家而去。父親留在「孤島」卻巍然以身殉國，當時對我的打擊不僅是失去父親的悲痛，而更使我愧悔不已的是自己沒有真正理解父親。

如今我生活在這個世界上已經比父親在世的年齡更長了——父親殉難時只有五十六歲。隔世的懷念的遠距離，使我似乎更能清晰而扼要地回想父親的一生，彷彿更親切地接近他了，比較能夠客觀地理解他了。

從我讀小學的時候，常聽到親友中的公論，一致讚揚父親是郁家的孝子賢孫，我心想這是老封建那一套，可是我卻喜歡跟父親回富陽老家看望奶奶和阿太（太祖母），不但因為有香泡（柚子）、栗子、雲片糕等好吃的東西，而且那座破舊的老屋很有意思，父親和二叔三叔在那裡出生，符合父親講的他小時候的故事。樓上黑洞洞的堆放着竹簍瓦缸和農具，父親說這裡住着一條大蟒蛇是家神，奶奶和阿太不許動牠。我和弟弟總想等着牠出來看個究竟，又怕上樓要走過阿太的床前。阿太白天也睡在她那深藍色夏布蚊帳裡，父親要買個珠羅紗蚊帳給她，她堅決不肯要。可是我們沒吃到父親小時候唯一送飯的菜——醃過的莧菜管，奶奶老愛說「透鮮啊！」實際上是窮人把菜市上人家扔掉的老菜莖撿回來用鹽醃的，而這時家裡已不再吃這個了。

我是在北京出生的，那是在父親帶了三叔和母親第二次去日本考察司法回國以後，他在大理院當推事並兼在朝陽、法政等大學教書。他第一次去日本是考取杭州府官費留學，在此之前是府道試第一名的秀才，父親能夠當上一名知識分子是全靠不識字的祖母。祖父和曾祖父都是私塾執教的，兩代都早死，留下兩代寡婦，本不可能供孩子讀書了，可祖母堅持要孩子讀書，寧願勞苦為人洗衣縫補。

三十年代初，父親調任上海高等法院第二分院刑庭庭長；他以月薪積蓄在富陽鸛山造了松筠別墅給祖母養老並給二叔養吾醫生當診所。抗日戰爭開始那年冬天，杭州富陽淪陷，祖母固執，死也不肯跟二叔離家逃難，她說：我還有一個兒子是法官，一個兒子是作家，日本人來了還該向我下拜呢。日寇真的來了，就佔據了松筠別墅，命令祖母侍候炊飯，她不肯，帶了炒米逃匿鸛山後面樹叢中，竟凍餓而死。父親過了很久才知道，悲痛不堪，直到他殉難前那一年中，家人在他面前不敢提起祖母。

他對祖母的感情遠遠超出一般的孝心，他認為自己生根立命的知識、信念和為人處世的準繩，這一切都是來源於祖母的堅持讓他讀書。

我們小時候對父親心目中的尊崇、愛好和歸宿的理解，除了祖母神聖不可侵犯之外，家鄉富陽富春江也是世界上最美的地方。父親終年喝着家鄉的茶，最受歡迎的客人是富陽來的，父親立刻說起富陽土話問他今年雨水如何，收成如何，醃了幾條火腿等等。他畫的山水畫和作的詩都是懷戀家鄉，他最崇拜的畫家是畫富春山居圖的黃公望，他講得最精彩的故事是嚴子陵和漢光武皇帝同榻而眠，一翻身竟把腿壓在皇帝身上，因而天上的客星犯了帝座。自然他也講富春江上游嚴州府伍子胥過昭關一夜白了頭髮的故事，端午節為甚麼要吃粽子的故事。那時是在北京一個四合院裡，夏夜的螢火蟲伴着滿天星，「小院深深月到遲，冰茶雪藕納涼時」（父親的詩句），我和弟妹們圍着父親倚靠的竹床，每晚都要聽幾個故事。記得有一回我問他：

「岳飛、文天祥、屈原都是大大的忠臣，為甚麼皇帝都不喜歡他們呢？」

他笑了，一時答不出來。也許他認為說了小孩也不能理解。後來他從反面說，嚴子陵就不是皇帝不喜歡他，而是他不喜歡跟皇帝去做官，寧願自己在富春江邊釣魚。

這正是北伐戰爭之前軍閥混戰的年代，中國知識分子的忠君愛國思想早已起了變化。父親在日本留學的青年時代正在醞釀辛亥革命，他曾是激進的革命派，經常著文作詩在報刊抨擊腐敗的清政府。民國初年再度赴日考察回來，當上一名小京官，對參預政治已無能為力，便寄情於山川文物，把中國歷代知識分子的精華所尚——最崇高的氣節操守當作個人修養品性的追求。這其實是多數中國知識分子所推崇的，只不過有或多或少或真或假，或在口頭或貫徹於行動的區別而已。對於父親來說，除此之外還有一條，就是對他所學和事業的執著，形成不可動搖的職業道德和信念，法律尊嚴，以法治國。到了今天的遠距離才看出，這就是父親一生藉以安身立命的兩條主線。

因此，他的一切行為思想都可以從這兩條線得到解釋。

一九三一年「九一八」事變，他正在瀋陽任最高法院東北分院刑庭庭長，日軍佔領了瀋陽，軍部通知法院指定要郁華留下「有要職委派」，他立即星夜隻身逃到皇姑屯，藏在農民家裡，換裝逃回北平。那時母親和我們孩子們並未去瀋陽。

他每日去法院辦公兼在大學講課，數十年如一日，還要挑燈寫作《刑法總則》和《判例》（未曾出版）。

在北平每週日家中常有畫家詩人雅集，我記得的有湯定之、賀履之等，余紹宋也有唱和往來，後來到上海參加了柳亞子先生倡立的南社。

躲避官場應酬，不參加黨派活動，不願結交律師，連近親舊友為人託情，也必遭拒絕。對國家、政治頗感失望，抒發感情惟有畫富春江山水和作詩：「已為憂亡生白髮，尚傳買斗費黃金。同群忽發泥山歎，誰識經生憤世心。」

……

然而生活中的現實常和他的主線衝突，不可能沒有矛盾。

如三叔達夫是比他小十二歲的幼弟，三歲時祖父死去，十六歲時父親帶他去日本，肩負着教養責任，一面嚴格要求他學技能入了醫科，一面又禁不住愛他的才華，教他作詩，帶他結交日本漢詩家如森槐南、服部擔風等。可父親先回國，三叔便自己改讀文學，終於寫出《沉淪》那樣的小說，以至於一度鬧得兄弟反目。後來到一九二七年達夫在上海又發生了與王映霞結婚的事，父親又為三叔犯了重婚罪而惱火，後來由於法律規定這種罪狀是「告訴乃論」，而原在富陽老家的三嬸卻寧願接受贍養的保證而不去「告訴」，矛盾才解決。

又如三十年代中我在上海瞞着家裡參加一些左翼活動：去浦東女工夜校教文化講時事，與陳波兒等組建青年婦女俱樂部，參加業餘劇社演出話劇……等等，每天很晚回家，母親父親盤問多了我不免頂撞，常常惹得父親大怒。

當時正是柔石等五作家被處決以後，中共領導的地下活動常遭破壞，書店、電影廠被搜查，白色恐怖籠罩上海。在中國地界以外的租界也有南京政府派遣的特務通過租界捕房捉人。父親當時所在的高等法院第二分院正是受理租界上發生的案件，而涉及政治的案件都由他主持的刑庭處理。因此在他表面上對我嚴厲訓斥的後面，必然隱藏着他想像有朝一日父女對簿公庭的恐懼。

對於公事他從來不在家裡談論。他的兩條信念與現實政治之間的矛盾顯然尖銳化了。

幸運的是我沒有和他對簿公庭，但確有被他當作朋友的人曾作為他的階下囚而面對他的審訊，那就是田漢和陽翰笙。一九四一年我隨夏衍、司徒慧敏、蔡楚生、金仲華等十餘人一同從日軍佔領下的香港撤退到桂林，許多文化人先後都到了桂林，田漢先生也經常見面，他對我不止一次地說過他和陽翰老在上海租界被捕後那戲劇性的場面。原來是一九三二—一九三三年間他和陽翰老經常到赫德路（今常德路）三叔家裡，經常遇見父親，一起吃飯打麻將聊天，當時父親剛調上海，我們全家還在北平。田漢說一九三五年他和陽翰笙被捕後開庭時，他一看上面坐着的竟是達夫的大哥，他便放心了，說罷哈哈大笑。究竟如何具體發落他沒說清楚，後來他們雖被解往南京，他說對父親還是感激不盡。

一九三三年廖承志在上海租界被捕，也是由他審訊辦案，他不知使用甚麼法律條文沒有准許特務機關「引渡」，終於在宋慶齡、何香凝的力爭營救下獲釋。事後何先生手繪春蘭秋菊圖贈給父親。一九五四年在北京我陪同母親去看望何先生，她補題了兩行字：「一九三三年承志入獄其時得到曼陀先生幫忙特贈此畫紀念。」

在那個時代，父親周圍所有那個社會層次的人幾乎不會有人贊成共產黨，父親站在以法治國的立場尤其反對暴力革命，「殺人放火」，從他對我的訓斥和談論都是如此。但是為甚麼他又能同情田漢、廖承志呢？這就是上一代知識分子思想所反映出來的複雜性。

一九三三年我們全家遷往上海，就住在離虹口公園不遠的公園坊。父親常帶我們散步到內山書店，我在那裡第一次見到魯迅先生。父親和他和內山先生總是用日語談話，我聽不懂。可以想見他從三叔達夫的關係認識了左翼文藝界的一些人，他們顯然不像「殺人放火」那麼可怕，而且無論是談國是，談論中國和日本的文化，父親和他們之間還是有着共同語言的。

以他的資歷學識地位，應該早已是國民黨員，並當上法院院長等更大的官，但他最厭惡「黨棍」，拒絕和他們來往。他已看出當時政府中的貪污腐敗，十分痛恨。甚至他所奉為神聖的法律尊嚴法治精神也被「中統」「軍統」等特務制度所破壞，對外又屈辱於日本軍國的欺壓，實在為國家前途憂慮、氣憤，灰心已極。

直到西安事變之後，局面急轉直下，終於全面抗戰開始，父親明顯地振奮起來。「八一三」後戰爭打到上海，我更忙於青年婦女俱樂部，在「婦救」領導下組織群眾支援前線慰問傷兵難民等實際工作。父親再也不干涉了，他從各方打聽十九路軍的消息，北方的消息，向我們宣告，甚至還鼓勵母親也和我們一起募捐和縫製傷兵衣服。家庭之間的氣氛也變得融洽了，是抗戰的同仇敵愾使得許多外在的內在的矛盾都統一起來，表現在父親心裡，他解決了長期以來困擾他的信念與現實之間的矛盾，法律與正義的矛盾形勢不但容許而且需要他站定他的崗位為最高的民族利益貢獻一切。

就在上海淪陷前夕，先施公司遭敵人的飛機轟炸，母親正在那裡為傷兵購置紗布受了傷。我是在醫院裡和母親含淚告別，離開了已經淪陷的上海乘船到香港轉廣州的。母親贈我的詩云：「漂流從此始，憐爾已無家」，父親卻是堅定地囑我放心大膽去工作，不要想家。我絕沒想到從此再也見不到父親了，而他是否已意識到這可能是和女兒最後的訣別呢？

上海淪陷，南市閘北等中國地界的政府機構全部撤退轉移，惟獨租界上的法院仍執行中國政府的職權，然而卻是在敵人勢力的包圍中。在這種極特殊的情況下，他本可以有多種選擇。每當權勢轉移，總有跳樑君子活躍，巴不得謀他的位子，他滿可以調到別處後方的法院，照樣當他的庭長，也可以甚麼都不當，回到他所鍾愛的家鄉，他自己的松筠別墅，「但求故壑能娛老」「自攤書卷教兒童」本來是他常常在打算的理想歸宿。而且後來母親告訴我，過去他拒絕過無數次賄賂，心安理得無所謂，可到了上海「孤島」形勢越來越惡劣時，拒絕一次利誘就得罪一幫人，就增加幾分危險，何況還遭到更大的威脅。那時漢奸與黑社會在租界搞暗殺十分猖獗，滬江大學校長劉湛恩先生被刺，兇手捕獲後由父親審理，他不顧有人暗中警告，開庭時當堂痛斥並判以死刑（據劉湛恩之子劉光華敘述他親眼所見）。許多朋友勸告他不能再幹了，不如急流勇退，而他卻偏偏鐵了心不走，也許當時他知道了祖母死得慘烈，更堅定了他的選擇。他說，「多難安容我輩閒」，「越是國家民族在危急中，我越不能辭其職，當做我應該做的。」（見他的詩和答友人信）

他在上海「孤島」敵人漢奸的包圍中苦戰了兩年，終於在收到多次恐嚇信和附着的子彈後，於一九三九年十一月二十三日早上出門上班時，真的被早有預謀的歹徒結束了生命，劊子手登上極司菲爾路（今萬航渡路）七十六號特務機關的車揚長而去。父親當天穿的那件血衣後來就埋葬在富春江邊的鸛山上。

直到現在我才理解，父親並非遭意外不幸，而是有意不肯迴避，面對死亡，接受挑戰。

然而當他每天準備面臨意料中事時，能夠那麼坦然無所牽掛嗎？忍心拋下二十多年恩愛相隨的妻子，一生心血尚未完成的著作，六個兒女中只有兩個大的展翅飛出去了，四個小兒女還依着父母身邊讀中小學。

父親的決心早已超越了忠君愛國思想，也不屬於慷慨悲歌從容就義，而只是悄悄地堅持自己畢生的信念，堅守自己的尊嚴的法官崗位，坦然面對兇險，暗自隱忍着隨時會拋棄親人的痛苦……

終於他做了一切他所能做的，也如願地達到了他所追求的個人情操的高度完成。

五十年，半個世紀。歷史總是翻過一頁又一頁，每一頁都不同於前一頁，但中國的歷史每一頁都同樣鈐有正直之士的印跡。因為他們總是在直面各個時代的慘淡人生，在經過苦悶和彷徨之後，最先看到人們心中燃起明亮耀人的希望，最先挺身迎接它那刺人的光芒，那身內身外的一切便付諸腦後了。

一九八九年十月於澳洲

父愛之舟

吳冠中

是昨夜夢中的經歷吧，我剛剛夢醒！

朦朧中，父親和母親在半夜起來給蠶寶寶添桑葉……每年賣繭子的時候，我總跟在父親身後，賣了繭子，父親便給我買枇杷吃……

我又見到了姑爹那隻小小漁船。父親送我離開家鄉去投考學校以及上學，總是要借用姑爹這隻小漁船。他同姑爹一同搖船送我。帶了米在船上做飯，晚上就睡在船上，這樣可以節省飯錢和旅店錢。我們不肯輕易上岸，花錢住旅店的教訓太深了。有一次，父親同我住了一間最便宜的小客棧，夜半我被臭蟲咬醒，遍體都是被咬的大紅疙瘩，父親心疼極了，叫來茶房，掀開席子讓他看滿床亂爬的臭蟲及我身上的疙瘩。茶房說沒辦法，要麼加點錢換個較好的房間。父親動心了，但我年紀雖小卻早已深深體會到父親掙錢的艱難。他平時節省到極點，自己是一分冤枉錢也不肯花的，我反正已被咬了半夜，只剩下後半夜，也不肯再加錢換房子……恍恍惚惚我又置身於兩年一度的廟會中，能去看看這盛大的節日確是無比的快樂，我歡喜極了。我看各樣綵排着的戲文邊走邊唱。看高蹺走路，看蝦兵、蚌精、牛頭、馬面……最後廟裡的菩薩也被抬出來，一路接受人們的膜拜。賣各種玩意兒的也不少，彩色的紙風車、布老虎、泥人、竹製的花蛇……父親回家後用幾片玻璃和彩色紙屑等糊了一個萬花筒，這便是我童年唯一的也是最珍貴的玩具了。萬花筒裡那千變萬化的圖案花樣，是我最早的抽象美的啟迪者吧！

父親經常說要我唸好書，最好將來到外面當個教員……冬天太冷，同學們手上腳上長了凍瘡，有的家裡較富裕的女生便帶着腳爐來上課，上課時腳踩在腳爐上，大部分同學沒有腳爐，一下課便踢毽子取暖。毽子越做越講究，黑雞毛、白雞毛、紅雞毛、蘆花雞毛等各種顏色的毽子滿院子飛。後來父親居然從和橋鎮上給我買回來一隻皮球，我快活極了，同學們也非常羨慕。夜晚睡覺，我將皮球放在自己的枕頭邊。但後來皮球癟了下去，必須到和橋鎮上才能打氣，我天天盼着父親上和橋去。一天，父親突然上和橋去了，但他忘了帶皮球，我發覺後拿着癟皮球追上去，一直追到悚樹港，追過了渡船，向南遙望，完全不見父親的背影，到和橋有十里路，我不敢再追了，哭着回家。

我從來不缺課，不逃學。讀初小的時候，遇上大雨大雪天，路滑難走，父親便揹着我上學，我揹着書包伏在他背上，雙手撐起一把結結實實的大黃油布雨傘。他紮緊褲腳，穿一雙深筒釘鞋，將棉袍的下半截撩起紮在腰裡，腰裡那條極長的粉綠色絲綢汗巾可以圍腰二三圈，還是母親出嫁時的陪嫁呢。

初小畢業時，宜興縣舉辦全縣初小畢業會考，我考了總分七十幾分，屬第二等。我在學校裡雖是絕對拔尖的，但到全縣範圍一比，還遠不如人家。要上高小，必須到和橋去唸縣立鵝山小學。和橋是宜興的一個大鎮，鵝山小學就在鎮頭，是當年全縣最有名氣的縣立完全小學，設備齊全，教師陣容強，方圓二十里之內的學生都爭着來上鵝山。因此要上鵝山高小不容易，須通過入學的競爭考試，我考取了。要住在鵝山的寄宿生，要繳飯費、宿費、學雜費，書本費也貴了，於是家裡糶稻，賣豬，每學期開學要湊一筆不小的錢。錢，很緊，但家裡願意將錢都花在我身上。我拿着湊來的錢去繳學費，感到十分心酸。父親送我到校，替我鋪好床被，他回家時，我偷偷哭了。這是我第一次真正心酸的哭，與在家裡撒嬌的哭、發脾氣的哭、吵架打架的哭都大不一樣，是人生道路中品嘗到的新滋味了。

第一學期結束，根據總分，我名列全班第一。我高興極了，主要是可以給父親和母親一個最大的喜訊了。我拿着級任老師孫德如簽名蓋章，又加蓋了縣立鵝山小學校章的成績單回家，路走得比平常快，路上還又取出成績單來重看一遍那緊要的欄目，全班六十人，名列第一。這對父親確是意外的喜訊，他接着問：「那朱自道呢？」父親很注意入學時全縣會考第一名朱自道，他知道我同朱自道同班。我得意地、迅速地回答：「第十名。」正好繆祖堯老師也在我們家。也樂開了：「茅草窩裡要出筍了！」

我唯一的法寶就是考試，從未落過榜，我又要去投考無錫師範了。

為了節省路費，父親又向姑爹借了他家的小小漁船，同姑爹兩人搖船送我到無錫。時值暑天，為避免炎熱，夜晚便開船，父親和姑爹輪換搖櫓，讓我在小艙裡睡覺。但我也睡不好，因確確實實已意識到考不取的嚴重性，自然更未能領略到滿天星斗、小河裡孤舟緩緩夜行的詩畫意境。船上備一隻泥灶，自己煮飯吃，小船既節省了旅費，又兼做宿店和飯店。只是我們的船不敢停到無錫師範附近，怕被別的考生及家長們見了嘲笑。

老天不負苦心人，他的兒子——我順利考取了。送我去入學的時候，依舊是那隻小船，依舊是姑爹和父親輪換搖船，不過父親不搖櫓的時候，便抓緊時間為我縫補棉被，因我那長期臥病的母親未能給我備齊行裝。我從艙裡往外看，父親那彎腰低頭縫補的背影擋住了我的視線。後來我讀到朱自清先生的《背影》時，這個船艙裡的背影便也就分外明顯，永難磨滅了！不僅是背影時時在我眼前顯現，魯迅筆底的烏篷船對我也永遠是那麼親切，雖然姑爹小船上蓋的只是破舊的篷，遠比不上紹興的烏篷船精緻，但姑爹的小小漁船仍然是那麼親切，那麼難忘……我甚麼時候能夠用自己手中的筆，把那隻載着父愛的小船畫出來就好了！

為慶賀我考進了頗有名聲的無錫師範，父親在臨離無錫回家時，給我買了瓶汽水喝。我以為汽水必定是甜甜的涼水，但喝到口，麻辣麻辣的，太難喝了。店伙計笑了：「以後住下來變了城裡人，便愛喝了！」然而我至今不愛喝汽水。

師範畢業當個高小的教員，這是父親對我的最高期望。但師範生等於稀飯生，同學們都這樣自我嘲諷。我終於轉入了極難考進的浙江大學代辦的工業學校電機科，工業救國是大道，至少畢業後職業是有保障的。幸乎？不幸乎？由於一些偶然的客觀原因，我接觸到了杭州藝專，瘋狂地愛上了美術。正值那感情似野馬的年齡，為了愛，不聽父親的勸告，不考慮今後的出路，毅然沉浮於茫無邊際的藝術苦海，去掙扎吧，去喝一口一口失業和窮困的苦水吧！我不怕，只是不願父親和母親看着兒子落魄潦倒。我羨慕過沒有父母、沒有人關懷的孤兒、浪子，自己只屬於自己，最自由，最勇敢。

……醒來，枕邊一片濕。

賈平凹

酒

我在城裡工作後，父親便沒有來過，他從學校退休在家，一直照管着我的小女兒。我的作品從來沒有給他寄過，姨前年來，問我是不是寫過一個中篇，說父親聽別人說過，曾去縣上幾個書店、郵局跑了半天去買，但沒有買到。我聽了很傷感，以後寫了東西，就寄他一份，他每每又寄還給我，上邊用筆批了密密麻麻的字。給我的信上說，他很想來一趟，因為小女兒已經滿地跑了，害怕離我們太久，將來會生疏的。但是，一年過去了，他卻未來，只是每一月寄一張小女兒的照片，叮嚀好好寫作，說：「你正是幹事的時候，就努力幹吧，農民揚揚趁風也要多揚幾鍁呢，但聽說你喝酒厲害，這毛病要不得，我知道這全是我沒給你樹個好樣子，我現在也不喝酒了。」接到信，我十分羞愧，發誓便再也不去喝酒，回信讓他和小女兒一定來城裡住，好好孝順他老人家一些日子。

但是，沒過多久，我惹出一些事來，我的作品在報刊上引起了爭論。爭論本是正常的事，複雜的社會上卻有了不正常的看法，隨即發展到作品之外的一些鬧哄哄的甚麼風聲雨聲都有。我很苦惱，也更膽怯，像鄉下人擔了雞蛋進城，人窩裡前防後擋，唯恐被撞翻了擔子。茫然中，便覺得不該讓父親來，但是，還未等我再回信，在一個雨天他卻抱孩子搭車來了。

老人顯得很瘦，那雙曾患過白內障的眼睛，越發比先前滯呆，一見面，我有點慌恐，他看了看我，就放下小女兒，指着我讓叫爸爸。小女兒斜頭看我，怯怯地剛走到我面前，突然轉身又撲到父親的懷裡，父親就笑了，說：「你瞧瞧，她真生疏了，我能不來嗎？」

父親住下了，我們睡在西邊房子，他睡在東邊房子，小女兒慢慢和我們親熱起來，但夜裡卻還是要父親摟着去睡。我叮嚀愛人，把甚麼也不要告訴父親，一下班回來，就笑着和他說話，他也很高興，總是說着小女兒的可愛，逗着小女兒做好多本事給我們看。一到晚上，家裡來人很多，都來談社會上的風言風語，談報刊上連續發表批評我的文章，我就關了西邊門，讓他們小聲點，父親一進來，我們就住了口，可我心裡畢竟是亂的，雖然總笑着臉和父親說話，小女兒有些吵鬧了，就忍不住斥責，又常常動手去打屁股。這時候，父親就過來抱了孩子，說孩子太嫩，怎麼能打，越打越會生分，哄着到東邊房子去了。我獨自坐一會兒，覺得自己不對，又不想給父親解釋，便過去看他們。一推門，父親在那裡悄悄流淚，趕忙裝着眼花了，揉了揉，和我說話，我心裡愈發難受了。

從此，我下班回來，父親就讓我和小女兒多玩一玩，說再過一些日子，他和孩子就該回去了。但是，夜裡來的人很多，人一來，他就又抱了孩子到東邊房子去了。這個星期天，一早起來，父親就寫了一個條子貼在門上：「今日人不在家」，要一家人到郊外的田野裡去逛逛。到了田野，他拉着小女兒跑，讓叫我們爸爸，媽媽。後來，他說去給孩子買些糖果，就到遠遠的商店去了。好長的時候，他回來了，腰裡鼓囊囊的，先掏出一包糖來，給了小女兒一把，剩下的交給我愛人，讓她們到一邊去玩。又讓我坐下，在懷裡掏着，是一瓶酒，還有一包醬羊肉。我很納悶：父親早已不喝酒了，又反對我喝酒，現在卻怎麼買了酒來？他使勁用牙啟開了瓶蓋，說：

「平兒，我們喝些酒吧，我有話要給你說呢。你一直在瞞着我，但我甚麼都知道了。我原本是不這麼快來的，可我聽人說你犯了錯誤了，不知道到底是甚麼情況，怕你沒有經過事，才來看看你。報紙上的文章，我前天在街上的報欄裡看到了，我覺得那沒有多大的事。你太順利了，不來幾次挫折，你不會有大出息呢！當然，沒事咱不尋事，出了事但不要怕事，別人怎麼說，你心裡要有個主見。人生是三節四節過的，哪能一直走平路？搞你們這行事，你才踏上步，你要安心當一生的事兒幹了，就不要被一時的得所迷惑，也不要被一時的失所迷惘。這就是我給你說的，今日喝喝酒，把那些煩悶都解了去吧。來，你喝喝，我也要喝的。」

他先喝了一口，立即臉色彤紅，皮肉抽搐着，終於咽下了，嘴便張開往外哈着氣。那不能喝酒卻硬要喝的表情，使我手顫着接不住他遞過來的酒瓶，眼淚唰唰地流下來了。

喝了半瓶酒，然後一家人在田野裡盡情地玩着，一直到天黑才回去。父親又住了幾天，他帶着小女兒便回鄉下去了，但那半瓶酒，我再沒有喝，放在書桌上，常常看着它，從此再沒有了甚麼煩悶，也沒有從此沉淪下去。

一九八三年作於五味什字巷

訓子篇

吳祖光

寫這篇文章的意思是，由於我的兒子帶給我許多煩惱，到了我不得不寫這樣一篇文章來發泄我的煩惱的程度。

左思右想，值不值得為此浪費筆墨、浪費時間？但終於要寫這篇文章，是從下面這一件事情引起的：

上星期的一個下午，我忽然接到一個電話，說：「我找吳歡。」我回答說：「吳歡剛去上海了，不在家。」電話裡說：「你是誰？」我說：「我是他的父親。」電話裡說：「啊！那也行，我這裡有吳歡的一包東西，你們家不是也在朝陽區嗎？我是朝陽區水利工程隊的，我的名字叫胡德勇。我今天下班之後把東西送來吧。」

掛上電話也就沒在意，管它是甚麼東西呢？兒子的東西和我有甚麼相干呢？當然就忘記這樁事了。但是到了快吃晚飯的時候有人敲門，一個工人裝束，皮膚曬得漆黑的年輕人手裡拿着一個塑膠袋的小包到我家來了，說：「您是吳歡的父親？這是吳歡的東西，我就放在這兒吧。」是甚麼東西呢？來人解釋說：「今天中午我騎車走過安定門大街，在路邊撿着這個包，看了包裡的這個字條，知道這是吳歡丟下的。」

於是我也看了這個字條，上面寫了幾行字，是：

「小×同志：請通知吳歡來取……」

下面署名是：「北影外景隊陳××」。

面前站着的這個胡德勇，健康、淳樸，多麼可愛的小伙子，不由得使我向他連連道謝。和我那個一貫馬馬虎虎、大大咧咧、嘻嘻哈哈的兒子歡歡相比，真叫我百感交集。來人對我的感謝反而覺得害羞了，連說：「沒甚麼，沒甚麼，我也是朝陽區的，沒費甚麼事。回見吧。」坐也沒坐一下就走了。

接着走進門來的吳鋼——是吳歡的哥哥，在這一段由於妻子出門治病、只是我一人留在家裡的日子裡，他每天中午和晚上都在下班之後來家裡給我做飯——知道了這件事情後，說：「這個小伙子真夠意思，咱們應當寫個稿寄到《北京晚報》表揚表揚他。」

不錯，是得表揚表揚這位胡德勇，在他身上體現着被長期丟掉了的新社會的新道德的復蘇，事情雖小但彌覺可貴。

表揚這位小胡，就不得不批批我這個小吳。寫到這裡就不覺無名火起。

先說這個小包是怎麼回事吧，這使我想起似乎吳歡在那天上午出門時對我說過，說是到北影取點東西，而胡德勇送來的這包東西，顯然就是他去取的東西了。這是一包從福建帶來的茶葉，是歡歡的的女朋友、有可能就是他的未婚妻小陳托人帶到北影的。他專程去取這包茶葉，但卻把東西丟在半路上了；回家之後提都沒提，八成是根本忘記了，但是居然如有神助，被人給揀到送了回來。

就是這個歡歡，我家的第二個兒子，這一類荒唐糊塗的事情發生在他的身上乃是家常便飯。他從小就是這樣沒記性，不動腦子，一天到晚丟三拉四；批評也好，責罵也好，一律滿不在乎，跟沒聽見一樣，永遠無動於衷。

他當然也是受害的一代，一九五七年他才四歲就跟着父母一起受到政治上的歧視。但是這孩子性格很強，身體很棒，從小學起就不甘心受人欺侮，反倒是常有一群小朋友經常集聚在歡歡的周圍。十歲時打乒乓球便得到一個東城區的少年冠軍。力氣很大，在小學時舉重就能和體育老師比試比試了。十五歲響應黨的號召去了北大荒，成了建設兵團的一員，一去七年。直到他的媽媽由於被「四人幫」的爪牙迫害重病，才有好心的朋友通過許多關係，把他從冰天雪地中調了回來，照顧他已成殘疾難於行動的媽媽。因為他有勁，能輕易地把媽媽揹起來……

當然，這一切都不足以構成他在生活方面的粗心大意。按說從十五歲起就獨立生活，本該把人鍛煉得細緻些、認真些、負責些，但是事實上全不是那回事。兒子回來，對我來說，毋寧是意味着一場災難。

只把印象比較深的事情說幾樁吧：

由於家裡來了客人，晚上要支起摺疊床睡覺，早晨起床之後，我說：「歡歡，把床給收起來。」歡歡奉命收床，把摺疊床放到一邊也就是了；誰知他是要顯顯力氣還是活動筋骨怎麼的？忽然把床高高舉起來了。「砰！」一下子把電燈罩和燈泡全給打碎了！

敲門聲，我去開了門，來客是吳歡的朋友，是來找吳歡的，但是吳歡不在家。客人說，是吳歡約定這時讓他來的。這種時候，我總是代兒子向來人道歉。但是由於這種事情屢次發生，我只能向吳歡的客人說：「吳歡從來就不守信用，你最好以後不要和他訂約會。」這裡我要為兒子解釋的是：故意失約，作弄人，想來還不至於；而是他和別人約定之後，轉眼就忘得乾乾淨淨了。

由於我的職業，我有不多、但也不少的一屋子書，這些書當然絕不可能每本都看，但卻都可能是我在某一個時候需要查閱的資料；而且儘管書多且雜，一般我都能知道某一本書放在甚麼地方，可以不太費力地找到。但是使人惱火的是，不止一次地發現要找的書不見了，整套的書缺一本或幾本，開始時感覺十分奇怪不可理解，但是後來便知道這全是歡歡幹的。以至於正在看的書一下子也不見了；要用膠水粘信，膠水不見了；要用墨水灌鋼筆，墨水不見了；或者是膠水和墨水瓶打不開蓋，膠水和墨水灑在桌上地上，甚至於蓋子要到桌子底下才能找到。特別是從外地寄來的少見的雜誌書籍，轉眼就到了他的手裡……。

至於到了他手裡的書呢，新書馬上就會變成舊書，書角立即捲起來了，倒着戳在枕邊、牆角，掉到床底下積滿灰塵……

就是這個歡歡，本來在黑龍江兵團自己學畫過幾年素描，期望成為未來的畫家。誰知他近年來轉變興趣要學他的父親，寫起電影劇本來了，並且馬上有一個雜誌將要發表他的作品了。成了我的同行，也就意味着更多的不幸降落在我的身上；看我的書，翻我的東西成為合情合理合法，……我多麼希望他是整潔的，有條理的，愛乾淨的；但是，偏偏他是：

好東西搞壞，

整齊的弄亂，

新的弄舊，

乾淨的弄髒，

拿走的不還，

當場被我捉住的，無可抵賴；而事後追問的他大都不認賬。

至於房門和自行車的鑰匙已經無從統計他一共丟了多少。大概在五年前，我出門回家時，見門框旁邊牆上出現了一處缺口，原來是一次兒子把鑰匙鎖在屋裡了，進不去了怎麼辦？他不耐煩等哥哥或者媽媽回家再開門，而是狠命把門撞開，因此把牆撞缺，彈簧鎖撞斷。純粹是搞破壞！

帶有更大危險性的是，歡歡有一天忽然積極起來，自己去廚房間燒一壺開水，但是點上煤氣灶便忘得乾乾淨淨，於是始而把水燒乾，繼而把壺底燒通。假如一陣風來把火吹熄，或者煤氣熏人，或者燃燒起火，弄個不好，會出人命！

事情當然還遠不止此，他住的那間屋子同時還是我們家的小客廳。但是只要他在家的時候，屋裡永遠是亂糟糟的：襪子、褲子脫在桌上，每張椅子上都放着東西，床上被褥零亂，床下皮鞋拖鞋橫七豎八；他前腳出門，後腳就是我去收拾房間。他的衣櫥抽屜是關不上的，因為裡面的東西堆得太多；其實如果每件衣服都疊整齊的話，完全可以放得很好，而他的每一件衣服都是隨便往裡一塞……有人對我說：「抽屜裡你也管，你也未免太愛管閒事了！」但我實在不甘心，就管不了他！另外還有一個情況，那個五屜櫃雖是個紅木的，因為太老舊，抽屜不好關，應該請個巧手木匠來修一修了，可是就這麼一件事，難道也要我做父親的來張羅！

漫畫家華君武兩年前曾對我說過他的苦惱，他感覺到他的兒子抽煙抽得太兇了。我對他說，應當強行制止，不准兒子抽煙。他無可奈何地說：「不行呀，我自己就抽煙。」看來君武是一個具有民主作風的，以身作則的父親。從這一點說來，我的條件比他好，我家是個無煙之家，我和妻子都不抽煙，我們的兩位老娘也不抽煙，我們的大兒子吳鋼和女兒吳霜也不抽煙，而唯一抽煙的又是這個歡歡。

對此我就振振有詞了，和歡歡作過不止一次的嚴肅談判，因為發現他常常抽煙，原因是我們家裡經常準備着待客的煙。我向歡歡提出，例如你非抽煙不可的話，希望你不要和我們一起生活。我是聲色俱厲地這樣提出警告的，但仍發現過他偷偷抽煙的跡象；尤其是他來了朋友，關起門來吞雲吐霧。朋友走後，煙灰缸裡煙頭一大堆。他的朋友是別人家的兒子，我如何管得？我哪有這麼大的精力管這麼多？

從朋友那裡還聽到這樣一件事，兒子騎爸爸的自行車把車丟了，這個兒子一怒之下偷了別人一輛車，偏偏被警察捉住……這個禍闖得不大不小，作父親的惱火是可想而知的。我這個歡歡也發生了類似事件，他騎了我的車出去，回來時把車鈴丟了。問題還不在此，而是丟了車鈴他根本不知道，還是我發現的。受了我的責備，他也發火了，很快就發現車鈴又按上了。不用說，是他在街上偷的別人的。這下子把我氣瘋了，我對歡歡發了一頓平生沒有發過的脾氣，逼他立即把車鈴送還。他非常委屈地把車鈴拿走了，我知道他決不可能送還，肯定是出門就給扔掉了。我這樣嚴厲地責備他，無非是希望他印象深刻，不要再犯這樣的錯誤；這件事比偷車要輕得多，但性質卻是一樣的。使我傷心的，根據歡歡的性格，這件事他早就忘記了，他沒有知過必改的習慣，他只覺得委屈。因為即使是丟自行車對他也並不新鮮，他曾經丟過兩次自行車，第一次丟了幾天又找到了；第二次則是他要出去取一樣東西，正好他的一個同學剛買了一輛新車來看他，便叫他騎新車去，但是奇怪的是他竟一去不復返了，待人們去找他時，才知道就在他上樓找人時，轉眼之間車被偷掉了，由於無法交待，他賴在朋友家裡不敢回來。於是爸爸媽媽只好拿出一百七十元來賠車。

辯證法教導我們一分為二，歡歡不是沒有優點的。對外而言，他對人熱情，樂於助人，我的許多朋友都把他當作最好的勞動力使用。敬愛的夏公，天才的畫家黃永玉，在搬家的時候都請歡歡去做最有力的幫手。他是全心全意地為人家操勞的；大人小孩全喜歡他，都願意和他在一起，說他可愛，說他有趣味……對內而言，他對媽媽忠心耿耿。媽媽病了，行動不便，凡是出去開會、看戲，以及一切出門活動，都是他揹起就走。媽媽病後長胖了，份量越來越重，但歡歡背着媽媽一口氣上四樓，或是走得再多再遠，都是心甘情願的。而且對人說，他是媽媽的「小毛驢」。對爸爸呢，在適當的機會他也要表一表他的孝心。有一次家裡只剩下我和他時，他說：「爸爸，今天我做飯給你吃。」將近半小時之後，他來叫我吃飯了，做的是芝麻醬麵。但是拿上飯桌時，實在叫人哭笑不得。麵接近於黑色，那是醬油放多了；一碗麵成了一團，芝麻醬顯然也放得太多了。去廚房看時，一缸芝麻醬、半瓶醬油，都幾乎被他用光了。最難想像的是給我的一雙筷子，從下到上糊滿了麻醬，根本無法下手。味道之鹹可想而知，不但我沒法吃，他自己也受不了。由於他的動機是好的，我沒有責備他，父子兩人面面相視，只能歎氣。

所有上述他的缺點方面，說來都是生活小節，沒有原則問題，更不是政治問題；但卻都叫人無法容忍，隨時招人火冒三丈。我這個最豁達的樂觀主義者，曾經受過很多人無法經受的苦難，我都能泰然置之，但只有歡歡能氣得我渾身發抖。我對他說過，我雖然身體健康，但有很大可能將來會被他氣死。我希望他考慮別再和我一塊生活，但是看來他似乎又很愛爸爸媽媽，他不幹。

神人共鑒：我從來不是一個愛罵人的人，但是和歡歡共同生活的日子裡，罵人成了我的日常習慣，我真為此感到十分疲倦。這就出現一個情況，所有接觸過歡歡的我的朋友，無一不對他交口稱讚，說他是一個好兒子。當他們知道我幾乎每天要為歡歡生氣，以及知道或聽到我在罵兒子時，都來勸我不要罵他。當聽我說了我罵他的理由時，幾乎都這樣說：「咳！現在的年輕人都這樣。」譬如那位樂隊大指揮李德倫對我說：「我那兒子在屋裡穿大衣，袖子一甩，桌上的茶杯茶壺，全都掃到地下摔個粉碎！」

這也完全是歡歡的風格。天地太窄，房子太小，遠遠不夠這一代氣沖霄漢、聲勢浩大的孩子們施展的，處處都礙他們的事。

按道理說，我們全家的清潔衛生理當由這個渾身力氣使不完的小伙子包下來吧，我對他說得嘴唇皮都快磨破了，但是，休想！他自己住的那間屋還得靠我去收拾呢？

我又在想，假如胡德勇丟在路上的東西被吳歡拾到，他能像胡德勇這樣做嗎？我何等希望他能這樣做呵！但是看來不可能，第一，他根本不會發現丟在街上的東西；第二，人家胡德勇也不會那樣粗心丟掉女朋友千里迢迢送來的東西。

因此使我不得不聯想到他的又一個可恨的作風：不知有多少次在他要出門的時候，讓他順便去發信；他把信接過去，滿口答應。但在他走後常會發現，信丟在桌上，或是椅子上，或是別的地方。就在昨天，我又發現一封別人托「吳歡同志轉交」而且封面上畫了地圖說明的信擺在他的桌上，而他卻去了上海了。

應當告訴兒子的女朋友，將來你如果做了他的妻子，你將比他的爸爸還要倒霉。因為你要和這個不負責任、不顧一切、目中無人的傢伙生活一輩子，而作爸爸的究竟是日子不會太多了。假如你一定要嫁給他，我希望你具備一種特殊的威力或神奇的法術，能鎮壓他和改造他。在這方面，爸爸是個失敗者。

兒子被一家電影廠特邀寫劇本去了。這個毛手毛腳的楞小子，居然有人邀請寫劇本了，

——可憐他該讀書的時候甚麼也沒有讀到，全是「四人幫」害了他——這是他自己努力的成果，我為他高興，也希望他做出成績。至於寫這篇文章的目的，當然主要是希望他能改變作風，雖然根據我多年的實踐經驗，改變的可能是極少極少的。另外還有一個目的，是為了提醒和刺激與歡歡同樣類型的青年人，因為許多朋友們對我說的這句話太使人驚心動魄了！這就是：「咳！現在年輕人都這樣！」當然，「都這樣」不可能。但是，我聽到這樣的話實在太多了。假如真是青年人都是這樣的話，怎麼建設我們的國家？

寫到這裡本該結束了，再要提一下的是剛剛收到一封兒子從上海的來信，當中有一段話是：「我有許多錯誤，心裡很難過，我一定好好改。」這很難得，使我很感動。但是這封信上又有一行寫的是：「請在我的抽屜裡找一下，我的學生證忘記帶來了，請用掛號信寄到這裡來。」學生證是中央電影學院編劇進修班的證件。

親愛的兒子呵！你說你可怎麼好？

以上是八月中旬在北戴河西山賓館寫的，寫完之後恰好一位報社記者來看到，他認為文章很好，且有普遍的典型意義。但是他說：「你家歡歡目前正在上升時期，在從事劇本創作，如果發表這篇文章，對他的打擊太大，應當慎重。」我尊重記者的意見，同時也應當聽聽歡歡的意見，因此就把它放下了。一直等到現在，兒子回家來了，我讓他看了一遍，我發現他開始時在笑，但是看到後來就不笑了。看完之後，他說：「呵！『驚心動魄』……爸爸，發表也行，既然有典型意義，會有助於我改變作風。」

我不懷疑兒子有改正生活作風的誠意和決心。我忽然發現我有一個多月沒有罵人了，在兒子離家的這一段時期，我過得多麼太平安靜呵！馨香祈禱，願意歡歡福至心靈，能夠生活自理。別再讓爸爸媽媽着急操心了。

一九八〇年十月三日　北京

王安憶

話説父親

從小就知道，父親是一個話劇導演。然而，導演究竟是甚麼，甚麼才是導演，卻很不明白。記憶中，最早看父親導演的一個戲，戲名叫做《海濱激戰》。只記得是一個很熱的夏天，劇場中冷氣大開放，凍得人打哆嗦，媽媽便在我與姐姐裸着的胳膊和腿上蓋上一些手帕禦寒，然後的記憶，便是兩聲槍響，它響起得是那麼突兀，毫無思想準備，於是，又是一陣大大的哆嗦。這便是這個戲給我留至今日的全部印象。以後當然還看過不少戲，有些是父親執導，另有一些不是父親執導，卻依然不懂得導演是甚麼，甚麼才是導演。我被舞台迷住了，燈光、佈景、女演員，以及在那小小一方虛擬的世界裡所演出的大大的真實的故事。後來，我依然喜歡話劇，也依然不明白甚麼是導演。有時候，為了證明自己是導演的女兒，看完一個戲後，在人們說「演得好」的時候，我則說：「導得好。」僅此而已。因此，對於父親的事業，我可說是很少了解。

我想在這裡寫的，就只是我的父親。

我的父親出生在很遠的地方，那地方在很長的時間裡，一直與我們失了聯繫，再加上他那一副很不知人事世故的樣子，便像是從天上掉下來似的，真正是一派天然，再沒有比父親更不會做人的人了，這大約也是因為他出生成長的地方，與我們這一片以做人為根本的土地相距甚遠。他甚至連一些最常用的寒暄絮語都沒有掌握，比如，他與一位多年不見的老戰友見面時，那叔叔說：「你一點沒老。」他則回答道：「你的頭髮怎麼都沒了？」弄得十分掃興。見面的套話沒有掌握，告別的套話也沒有。有他不喜歡的、不識趣的客人來訪，他竟會在人剛轉身跨出門坎時，就朝人背後扔去一隻玻璃杯。他極保護自己個人的生活，他是願意怎麼生活就怎麼生活，毫不顧及別人會說甚麼。別人對他留有甚麼印象，是他從不關心的。他是只須自己就能證明得了自己，只須自己這一個證明的。可說是十分的自信。比起世上太多的終年終月為別人的觀瞻營造一個自己的生活，是要輕鬆，卻也多了一種別樣的艱難。

在我們長大以後，姐姐已開始嚮往做一個紅衛兵的時候，我們才明白了一個真相，便是：父親曾經是一名右派。當然覺得真是經歷了極大的打擊，覺得我們真是太倒霉了、太不幸了。而以後我才明白，像他那樣的人，做一名右派是太應該不過的事情了。因此，如我，既要出生於世，有一個右派的父親，便是別無選擇了。他同樣的，以只須他自己證明的赤誠，去愛國，去愛黨。以他最無方式最無策略的形式去愛國和愛黨，在一些最不合宜的時候說一些最不合宜的話，又因他極易衝動的情緒，將那些話表達得十分極端。這於一個以中庸為美德的民族實是十分十分的不適宜了。他是一無辯證的思想，他的哲學裡，很少「但是」「然而」這樣可將語意表達得七回八折的轉折用語，他是一根肚腸通到了底，既不給人轉彎，也不給自己留下轉彎的餘地。在一個障礙極多的世界上，他便很難順利了。幸而他是十分的逍遙，才沒有覺着太多的委屈，甚至還不如我們孩子所覺着的那麼多。我們常常為他切切的、大老遠地趕回來革命而抱屈，而他卻很釋然。媽媽曾在一個鄉下人那裡為他算過命，說他是：「自己自在，自己逍遙，否則便要去上吊了。」大家都覺得很準。曾聽我家老保姆描繪過她第一次見到爸爸的印象。那時她剛到我們家，有一天，說是晚上先生要回來，忙着換洗床單，鋪鴨絨被。然後有人敲門，便去開門，只見門口站着一個鬍子拉碴、又黑又瘦、叫化子般的男人，得知他就是「先生」以後，她就開始為那張床擔心，這麼乾淨的床怎麼能睡這樣髒的一個人。根據時間推算，那正是父親倒霉的一年，而我已記不得那時父親的模樣了。想來是十二分的狼狽。

後來，父親和他的兄弟姐妹又有了聯繫，姑母與叔叔每年一次地來國內看望我們全家，見面時很激動，分手時，則有種鬆了一口氣的感覺。父親和他們在一起總有一種寂寞的感覺，這一種寂寞甚至要勝過那一種委屈。有一次，當他們走之後，他對媽媽說過這樣一段話，意思是，在他們面前，他對自己的價值感到懷疑。他這一生，只有兩樁事業，一是革命，一是藝術，而在他們篤守的錢的面前，這兩樁事業都失了位置，這也是他至今不願回出生地看看的最大原因。他是寧在此地委屈，也不願去彼地寂寞的。而由此看來，他的那一種自信的人生態度，那一種我行我素的生活原則，便又只能在這一片與他不適宜的土地上才可確立了。他只有在這一片不適宜的土地上，方可建立他的人生，因這方土地，是他種植他革命與藝術這兩樁事業的土地，無論與他是多不協調，卻也分離不開了。因而，他所有的遭遇便是他的宿命了，也是我們的宿命了。

要命的是，他所篤守的革命和藝術，卻又常常發生衝突。他是斯坦尼斯拉夫斯基的信徒，以這體系確立了他的導演藝術，從這藝術導了許多戲。到了「文化大革命」中，這體系便無可避免地遭了襲擊。他是又要革命，又要藝術，一方也捨棄不了。而那一個年代，即使像我父親那樣自信的人都要困惑，都要懷疑一切。他面對那樣「偉大」的時代，革命的力量「無比強大」，他終於同意批判「斯坦尼」（即斯坦尼斯拉夫斯基）了。他批判得極認真，將「斯坦尼」的著作重讀了一遍（我便是在那時候接觸了「斯坦尼」，看了他的著作，在父親批判的同時，我則開始信守），然後，他寫了文章，他寫得很得意。並且在以後的為「斯坦尼」平反的日子裡他還繼續得意。在做斯坦尼的信徒已成光榮的時候，卻不再說「沒有斯坦尼便沒有我王嘯平」的話，他已悄悄地與他信守的體系產生了裂變，在一個奇怪的時代裡，得了一個奇怪的契機，而有了奇怪的進步。可惜我沒有讀過他的文章，只猜想，他所進行的批判或許是一種真誠的批判，從藝術的科學態度出發的批判。他只可能作這樣的批判了。他絕不會違了良心去批判。他自己的良心便是一切行事的坐標了，所以他極少做違心的事。因他極少做違心的事，才可過得自在逍遙，而不至於去上吊了。

而奇怪的是，像他這樣不會做人的人，卻有着驚人的人緣。一九七八年那一個奇熱的上海的暑天，他的膽囊炎大發作，除卻手術別無他路。媽媽自己是冠心病高血壓，弟弟還小，姐姐在外地，只有我和未婚夫兩人可照料病人。於是，人藝的男演員們便自發排了班次，兩小時一班地輪流看護，準時準刻，從不曾有過誤點的事情。這是極罕見的一支看護隊伍，即便是在顯赫的高幹病房，大約也難有這種摯誠至深的對待，令我們久久難以忘懷。我能看出人們真誠地愛他。因他對人的愛也是真心流露。他不會勉強自己去愛甚麼，可是如他要愛，卻也無法勉強他不愛。我們雖不知道他對演員們是如何，可從演員們對他，卻可看出他的對待。俗話常說人心換人心。也因他對人不加矯飾，人對他也同樣的不加矯飾。不以虛禮往來。我們經常聽到演員們以他的素材演編的長篇喜劇，比如，喝了藥水之後，發現瓶上所書：服前搖晃，於是便拚命地晃肚子；還比如，將給媽媽的信投到「人民檢舉箱」等等，諸如此類，刻畫了一個糊裡糊塗的父親。因他對人率真，人對他也率真；因他對人不拘格局，人對他則也不拘格局。他活得輕鬆，人們與他也處得輕鬆。即便在他不很得意的時候，他的身邊也沒缺少過朋友。聽母親說，在他被劃為右派的時候，就有一位阮若珊阿姨為他辯護，而因此幾乎劃為了右傾。「文革」中，他與沙葉新合作的話劇《邊疆新苗》臨到危難之際，就有人相繼而來，通風報信。似乎是，正因為他沒有努力地去做人，反倒少了虛晃的手勢，使他更明白於人，更明白於世。與人與世之間，因少了虛晃手勢所築的障礙，倒反更容易加入與介入。因此，他似是在人外，卻頗得人緣；似是在世外，則又很積極。只是多了一種超然以應付人事與世事的變故。所以，他倒也活得比誰都自在。

當然，他如此自在地做人，尚須條件。至少，在他朝人身後扔去一隻玻璃杯子後，要有人為他打掃現場。他一如不食人間煙火，皆也因為，尚有人為他操心此類俗事，家庭便是他堅強的後盾了。在這一個紛繁的世界裡，他的純淨的哲學要建立並實踐，必得有人為他開闢一個清靜的場所。他在我們這一個家庭的安全的庇護下，可以極盡逍遙自在。因此，父親又是很幸運的。曾有個朋友寫過關於他的文章，提及一則傳說，說他往雞湯裡放洗衣粉，他誤以為是鹽了。而這位朋友卻不知道，我父親是連鹽也不會朝雞湯裡放的。就在不久之前，他還不懂得如何煮一碗方便麵。後來，因保姆回鄉，他終於學會了下麵，下得既快又好。還學會了洗短褲和襪子，先用強力洗衣粉泡一夜，再用肥皂狠搓，大約搓去半塊肥皂，再淘清了晾乾，倒確是雪白如漂。他是連一樁人間的遊戲都不會，打牌只會打一種，早已失傳的「抽烏龜」，不用機智，但憑運氣，輪番地抽牌，抽到完就行了的一種。下棋還會下「飛行棋」，也只須擲擲骰子，憑了號碼走棋便可。他不會玩一切鬥智的遊戲，腹中是沒有一點點春秋三國，只迷住一本與世無爭的書。他最大的娛樂，也是最大的功課，便是讀書，中文的，或者外文的，戲劇的，或文學的，個個種種。書也為他開闢了另一個清靜的世界，在那裡，他最是自由而幸福，他的智慧可運用得點滴不漏。

因了以上的這一切，他在離休以後的日子裡，便不像許多老人那樣，覺得失了依傍而恍恍然，悵悵然，他依然如故，生活得充實而有興味。他走的是一條由出世而入世，由不做人而做人的道路，所以，他總能自在而逍遙。

這便是我眼睛裡的父親。

父親小記

舒婷

父親以詩書傳家自榮，可惜幼時貪玩好動，務多必雜。稍長，祖父年邁力衰，迫於一家十口生計，不再深造。考讀財經任職銀行，打得雙手好算盤。非但雙親兄弟獨肩承攬，淪陷時期，僑信中斷，還得接濟泉州老家。一九四七年之後，與母親結婚，也是將母親的首飾當了又贖，贖了又當，據說母親亦無半句怨言。

父親年輕時玩點文字，假筆名發表於當時的報屁股上。興趣嗜好五花八門，且季節階段性地狂迷與衰減，終生不變的當是口腹之惠，善烹美食。發配三明山區挖煤，每信必列清單，從慶蘭餡餅到黃金香肉脯，時逢三年災害，此類高檔食品絕跡，父親並非不知，筆下走龍，聊慰腸腹之蠢動也。母親流水郵去的都是炒麵茶。魚乾和豬油，實際而珍貴。我姐妹倆托庇於外婆，外公略有家底，三餐雪白米飯照舊，不知窗外風雨飄搖，多少枝葉飄零；母親不願拖累娘家太甚，獨自在食堂用膳，以便節約供應份額支援父親，竟至全身浮腫，食細糠療之。我與妹妹偷食母親的炒糠拌紅糖，香甜無比。只因當時，零食早已斷絕。

父親從三明歸，拉板車載貨為生，一改文弱，腿腳健飛，肩膊烏油有光。我兄妹三個插隊，母親逝，父親深感寂寞，生活雖拮据，仍買一柄鐵鋤，劈園種花，起因於插隊次年春節，我為攀一枝老梅幾墜深崖。等我回城，屋旁小花圃略具規模，窗台、書桌常有鮮花。父親的玫瑰在小島居然有了名氣，花友走動不絕。又轉而去養黃鸝，見奇特造型的鳥籠必買，甚至扛回一綜合大鳥櫥。

暮春時節，父親泡一壺溪茶，裝淺碟瓜子花生糖，捲一冊武俠小說，將竹躺椅搬到花盆邊，此時「和平」玫瑰正肥碩，直徑達二十一公分，頭上各色黃鶯長短吟。怡然自得的父親一展臉上的滄桑，遂撰兩句短章自娛。右派改正後的父親，雖不能「官」復原職，再當幾年經理過癮，卻有了銀行的退休工資，海外親友也恢復了聯繫。開始揹相機，以金庸的小說為指南，尋訪名山勝跡，登泰山，攀峨眉，走少林，自帶烏龍茶小宜壺，飲遍天下第幾泉，又嚼蓴菜，食武昌魚，筷子挑過橋米線，大快朵頤。拍無數這種姿態那種笑容的相片，閒來不僅自己回味，也待客。

此時鳥籠常常大開，老鳥盤旋一周無奈歸巢，新鳥當然投奔自由而去。十籠空了九籠。平台上玫瑰已瘦，惟長春藤窺機翻盆越欄，衍生一片虛綠。眾花委瑣，不復當年矣。

改革開放後，生活越加活絡些。父親以祖傳殘餘的一點條幅扇面墊底，四下求字求畫；又搜羅幾方壽山石，求名家鐫刻篋齋老人幾個字樣。自編自印一冊詩集，偶爾肯賜我一讀，直言以告：觸景生情者十中不過一二，大多讀得；命題作文，酬祚應對者眾，乃八股之外第九股也。父親佛然，嘿聲：爾等新詩者，不解個中精髓也。

那年父親獨自遊杭州，逢「西湖詩會」，杭州詩友孫昌建扶我父同上遊船，公劉、謝冕先生均在，與老父洽談甚歡。公劉先生禮讓，口稱舒老先生。我父雖在興頭上，不覺亢聲分辯：「我不姓舒，姓龔。」

父親對我將好端端龔舒婷三字砍伐成舒婷，一直耿耿於懷，幾次與我商量改回去，卻也知生米煮成熟飯了。

父親的自行車

余杰

有人說，十歲的小孩子崇拜父親，二十歲的青年人鄙視父親，四十歲的中年人憐憫父親。然而，對我來說，這個世界上父親是唯一值得一輩子崇拜的人。

父親是建築師，工地上所有的工人都怕他，沙子與水泥的比例有點差錯也會招來父親的痛斥。然而，父親在家裡永遠是慈愛的，他的好脾氣甚至超過了母親。在縣城裡，父親的自行車人人皆知，每天早晚，他風雨無阻地騎着吱吱嘎嘎的破車接送我和弟弟上下學。那時，我和弟弟總手拉着手跑出校門，一眼就看見站在破自行車旁，穿着舊藍色中山服焦急地張望着的父親。一路上，兩個小傢伙嘰嘰喳喳地說個不停，而父親一直能一心兩用，一邊樂滋滋地聽着，一邊小心翼翼地避過路上數不清的坑坑窪窪。等到我上了初中，父親的車上便少了一個孩子；等到弟弟也上了初中，父親便省去了一天兩趟的奔波。可父親似乎有些悵然若失，兒子畢竟一天天長大了。

收到大學錄取通知書的那天，我與奮得睡不着覺。半夜裡聽見客廳裡有動靜，起床看，原來是父親，他正在台燈下翻看一本發黃的相簿。看見我，父親微微一笑，指着一張打籃球的照片說：「這是我剛上大學時照的！」照片上，父親生龍活虎，眼睛炯炯有神，好一個英俊的小伙子！此刻，站在父親身後的我卻驀然發現，父親的腦後已有好些白髮了。父親一出世便失去了自己的父親，慘痛的經歷使他深刻地意識到父親對兒子的重要性。因此，在他的生活裡，除了工作便是妻兒，他不吸煙不喝酒，不釣魚不養花，在辦公室與家的兩點一線間，生活得有滋有味。輔導兒子的學習是他最大的樂趣，每天的家庭作業父親都要一道道地檢查，夜夜真真地簽上家長意見，每次家長會上他都被老師稱讚為「最稱職的家長」。母親告訴我一件往事：我剛一歲的時候，一次急病差點奪去了我的小命。遠在千里之外礦區工作的父親接到電報時，末班車已開走了，他跋山涉水徒步走了一夜的山路，然後冒險攀上一列運煤的火車，再搭乘老鄉的拖拉機，終於在第二天傍晚奇蹟般地趕回了小城。滿臉汗水和灰土的父親把已經轉危為安的我抱在懷裡，幾滴淚水落到我的臉上，我哇哇地哭了。「那些山路，全是懸崖絕壁，想起來也有些後怕。」許多年後，父親這樣淡淡地提了一句。

父親是個不善於表達感情的人，與父親在一起，沉默的時候居多，我卻能感覺出自己那與父親息息想通的心跳。離家後收到父親的第一封信，信裡有一句似乎很傷感的話：「還記得那輛破自行車嗎？你走了以後，我到後院雜物堆裡去找，卻鏽成了堆廢鐵了。」我想了許久，在一個陽光燦爛的早晨給父親回信：「爸，別擔心，那輛車每天晚上都在我的夢裡出現呢。我坐在後面，弟弟坐在前面，您把車輪蹬得飛快……」

月夜和風箏

牛漢

在我童稚的心裡，父親很深沉，與父親的生命能以融合的月夜和風箏也很深沉。深沉，意味着識不透底蘊。對於月夜和風箏，父親有許多自己的哲學和具有哲理的玄想。他當年不到三十歲，經歷了五四運動和大革命，人顯得有點蒼老。我正值童年，對父親困惑不解。經過五六十年心靈的反芻，現在才漸漸地有些理解了，父親當時精神上很困厄。活得不舒展。

父親從來不在白天放風箏。祖母說他的風箏是屬蝙蝠的。父親說：「白天不需要風箏，白白亮亮的天空，要風箏幹甚麼？」父親總是當天地黑透了之後才去放風箏。奇怪的是，白天沒有風，黃昏以後，常常不知不覺地來了微風，似乎不是從別處颳來的，風就藏在我們村子裡一個角落，它覺得應該醒了，站直身子，輕飄飄地跑起來。有時候，白天風颳得很狂，一到黃昏便安生些，彷彿事先與父親和風箏有過默契。

放風箏在春二月，天日漸長起來。天暗下來時，不用父親喚我，我會跟在他後面，幫着把風箏從我家的東屋弄出來。丈把高的人形的「天官」風箏由父親自己扛。我用雙臂抱着放風箏的麻繩，繩纏得很緊，足有西瓜那麼大那麼沉。父親悠然地看着天，說「又是個月明的天！」只有我知道，他並不是讚美月夜，他希望的是沒有月亮和星星的黑夜，「沒有月亮多好。」父親慨歎一聲。實際上黑透了的夜極少，我對父親說：「有月亮放風箏才好。」我想，天黑會悶人，有月亮能看見升天的風箏，看見紅燈籠與星星在一塊閃爍，還能望見海琴振顫的翅羽。父親不答理我。到了街上，他說：「沒有月亮和星星，天是囫圇的，完完整整的。」「為甚麼？」我問。父親回答：「天黑透了，天才能安靜下來，風箏在天上才自在。天空只有風箏和燈，只有海琴的歌，一個完美的世界。」父親像是在吟詩。我當時還是喜歡在月明的夜放風箏，我喜歡望着朦朧的天，它越看越深，越看越高，風箏飄帶上的月光跳來跳去，還能看見變化莫測的飛雲。紅燈搖搖晃晃，比所有的星星快活得多。如果天全是黑的，我們甚麼也看不見，天也看不見我們。父親搖搖頭不作解釋，他清楚他那套玄想無法讓我理解，而我也有我自己童稚的玄想。

父親年輕時喜歡寫詩、吹簫。他有時自言自語，以為我聽不懂，聽到我的某一句問話以後，他驚愕地回過頭來望一望我，似乎我不應該聽懂他的話。

總有一群小孩跟在我們後面吵吵嚷嚷，如果我和父親不放風箏，這些孩子都不會到街上來，家裡老人不放心他們在月亮地裡跑動。我和父親照例在一個小的廣場上停下來。這裡實際上是村裡的一個十字路口，沒有車馬，就成為一處注滿月光的開闊地方。靠北邊，有個高坡，父親站在上頭就能把風箏放到天上去，不需要助跑，他讓我把風箏直立在丈把遠的地方，在背後扶着風箏。父親高高揚起雙臂，猛地向上一拽，風箏抖動一下，被驚嚇得跳起來。父親手中的繩子一抖一拽就把風箏逗到了空中。風箏顯得很高興。它和父親配合得很好。一會兒風箏就升高了。風吹着，月光撫摸着「天官」的彩衣，發出瑟瑟的聲音。

一到春天，村裡的棗樹上，總有風箏掛在樹上，都是孩子們的瓦片風箏，父親的風箏從來沒有掛在樹上過。我們村家家院子裡，多半有幾棵棗樹，棗樹是長不高的，風箏很容易就能越過。等到風箏放得很高以後，父親橫着身子一步一步地移到五道廟前。五道廟有結實的柵欄，父親把繩子放盡，手裡只剩下一根光滑的木棒，他把木棒橫別在柵欄上。

五道廟前是個熱鬧的廣場，這時父親搖出煙鍋，抽着後，就坐進人群裡去，似乎風箏跟他無關了。這時我感到風箏只歸我所有了。我擔心天上風大，風箏會倒栽下來。我不時用手摸摸繩子，如果繩子繃得太緊，發出嘎吱的聲響，我就對父親說：「繩子怕要斷。」「沒事。」父親對我說：「你快回去把燈籠和海琴拿來。」

這時才是我最高興的時刻。我跑得飛快，幸虧有月亮，看得清路，身後跟着一串孩子，彷佛我是風箏，身後的一長串孩子是風箏的飄帶。「成漢哥，今天的海琴讓我拿！」「成漢哥，燈籠由我拿！」

父親的海琴和燈籠擱在東房的供桌上。蠟，我得向祖母要，蠟不要隨便放，擱在供桌上，一會兒就會被老鼠吃光。我和孩子們又是一陣小跑，我當然地跑在前頭，同伴們有的拿蠟，有的提燈籠。海琴由我拿，我從不讓別人碰的。

父親站起來，用手摸摸風箏的繩子，如果繩子繃得不夠緊，海琴常常放不上去。父親放海琴和燈籠不讓別人插手，他先把海琴連到繩子上，再把燈籠掛在海琴下邊。他總是當風箏穩定到最佳狀態時，才小心地把燈籠點亮。我和孩子們鴉雀無聲，等待着海琴和燈籠開始升起的一剎那，父親異常專心，眼睛也明亮起來，不住地看天、看燈籠和海琴，只聽孩子們一聲喊：「海琴動了，動了！」海琴在一片歡呼聲中沿着琴弦似的繩索嗡嗡地歌唱着升了上去，越升越快。我把耳朵貼着繩子諦聽，真能聽到遠方大海的聲音，嘿，大海的聲音原來像一群蜜蜂在飛。父親目不轉睛地看着海琴和燈籠升到風箏那裡。

天空出現了一顆與眾不同的紅色的星，搖搖晃晃的星，會歌唱的星。燈，在天空，也不過亮半個鐘頭。燈滅了以後，放風箏的高潮便結束。孩子們紛紛回家。我仍忠實地守望着天上的風箏。失去燈，風箏看去更明顯些，它搖曳着，隱約能聽到飄帶撲瑟瑟的聲音。燈籠和海琴也像我一樣陪伴着風箏，還有天上的月亮和星星。直等到半夜，父親和廣場上的人都立起身來，父親才和幾個大人把風箏收了下來。如果大人們的自樂班還忘我地吹奏響器，何時收場就難說了。風箏在天上多半很安生，只有幾次，忽然起風，父親提早收下風箏來。風箏靠牆立着，我守着它，還守着燈籠和海琴。大人們仍吹吹打打，不願散場。

父親年年都要放風箏。每年都認真地把風箏修補一番，重新染一次顏色。村裡放風箏的人有好多家，都沒有我父親放風箏那樣虔誠和認真。我們村和附近幾個村流行一個諺語：「史桂林的風箏頭一份兒。」賣豆腐的老漢誇自己的豆腐說：「我的豆腐是史桂林的風箏。」父親的風箏掛上燈籠之後，三五里內的幾個村莊都看得見。

這放風箏的一套技能父親是怎麼學來的，可能是我們家鄉自古傳下來，也可能是他從北京城學來的。但是，我在北京待了這麼多年，為甚麼沒有見過有人夜裡放風箏，更沒見過掛海琴和燈籠的風箏，真感到奇怪和遺憾。

父親為甚麼總在月明的夜放風箏，而且特別喜歡在黑夜掛燈籠和海琴，我此刻真有點理解了。如果我現在放風箏，我也一定在黑夜放，而且一定掛上燈籠和海琴。

當風箏放穩了之後，父親就不停地抽煙，很少跟誰說話，他彷彿很深地進入另外一個世界，他放風箏跟他吹簫的神情很相近。他有自己放風箏的哲學，希望風箏帶着燈籠的光亮和海琴的歌，也帶着他的心靈，升向高高的空曠的夜空。

後來，到了四十年代，我知道，父親在家鄉那些年寫過不少的詩，有舊詩，也有新詩，從來沒有發表過，他似乎沒有想到過要發表。

還有，父親一生嗜酒。他放風箏之前，喜歡先喝點我祖母釀的黃酒。我們家鄉的春二月，大地還沒完全解凍，夜間是很冷的，有月光的夜更加清冷清冷。

似乎一旦風箏連同海琴和燈籠升到天上，月夜就變得溫暖起來。至少我父親的感覺是這樣。

關於父親

葉至誠

旅伴

樂山被炸以後，我們家住到了樂山城外，張公橋雪地頭。瓦屋三間，竹籬半圍，靠山面水。所謂山，至多只有今日一般住宅的四五層樓高，水也不過是條小溪，名字挺秀美，竹公溪，只在漲水的日子稍有點兒洶湧之勢。

房屋雖然簡陋，客人倒還常有。父親的客人多半是當時他在武漢大學中文系的同事，其中朱東潤、朱光潛、陳通伯幾位先生，更來得勤些；常常晚飯過後不久，或單個，或結伴，拿了一枝手杖，信步從城裡走來。有時在我們家坐上一陣，有時邀父親同去散步，父親便穿上長衫，提了手杖，一同出門。

一天，父親和朱東潤先生出去。通常的走法，總是，出籬笆門左轉，沿竹公溪邊的小路到岔路口，下一個小土坡，從沙石條架成的張公橋跨過溪水，對岸不遠的竹林間有個十來戶人家的小鎮，有茶館可以歇腳，這一天，他們改變了路線，到岔路口不下土坡，傍着左手邊的山腳，順山路繼續向前，樂山的山岩呈赭紅色，山岩上矮樹雜草野藤，一片青翠，父親有過「翠巘丹崖為近鄰」的詩句。山路曲曲彎彎，略有起伏；經過一個河谷，也有石板小橋架在溪上，只因遠離人家，橋下潺潺的溪水，彷佛分外清澈。望着這並非常見的景物，朱先生感歎地說：「柳宗元在永州見到的，無非就是這般的景色吧！他觀察細緻又寫得真切，成了千古流傳的好文章！」父親很讚賞朱先生這番話，將其寫在他當天的日記裡。

在父親的日記裡，又有一處記載着他和朋友關於遊覽的談話，那是一九四五年秋，在重慶，這一天，開明書店的同人們一起去南岸郊遊。路上，父親對傅彬然先生說：「不少名勝，沒有去以前只聽說如何如何，到那裡一看，也不過如此。」傅先生說：「遊覽的樂趣，其實只在有幾個很好的旅伴，一路上談談說說，非常之暢快。」停了一會，又說，「其實，人生也是這樣。」

父親一生，旅行的次數不少，大多總有可以傾心交談的旅伴。一九六一年七月下旬到九月下旬，父親出遊內蒙，和老舍先生不僅同行，而且同室；一路同出同進，一同閒談，一同賦詩。過了大興安嶺。又一同發覺當地不聞蟬聲。父親有「高柳臨流蟬絕響」的詩句，老舍先生有「蟬聲不到興安嶺」的詩句。後來重讀那五十多天的旅遊日記，父親禁不住寫下了這樣的話：「我跟他（老舍先生）在一塊兒起居，聽他那幽默風趣的談吐，咀嚼他那獨到的引人深思的見解，真可以說是一種無比的享受。」

就人生的意義說，母親和父親同行了四十一年。母親去世的當晚，父親吟成一闋《揚州慢》：

山翠聯肩，湖光並影，遊蹤初印杭州。悵江聲岸火，記惜別通州。慣來去淞波卅六，逢窗雙倚，甫裡蘇州。驀胡塵扶老西征，廛寄渝州。　丹崖碧巘共登臨，差喜嘉州。又買棹回鄉，歇風宿雨，東出夔州。樂讚舊邦新命，圖南復北道青州，坐南山冬旭，終緣仍在杭州。

無限傷懷地略敘了他和母親聯肩並影的雙雙遊蹤。

除了前面提到的諸位父執，父親更有自小同窗，前後相交了七十多年的顧頡剛先生和王伯祥先生；聲氣相投，共同創立了文學研究會的鄭振鐸先生和沈雁冰先生；合作撰寫《文心》，由朋友結為親家的夏丏尊先生；死別將三十年，一朝想起，依舊猛烈悲切的朱自清先生；「誦君文，莫計篇，交不淺，五十年」的巴金先生；中年相識，一見如故，欽慕不已的呂叔湘先生……如此眾多「常惜深談易歇」的知交相伴，走完了一生漫長的旅程。

寂寞

父親不耐寂寞。對寂寞，極敏感。

早年，從人們相互間的隔膜，父親感受了寂寞和枯燥，寫了題為《隔膜》的小說，而且以這個題目作為第一本小說集的書名。父親以為文藝的目的之一，就在去掉這寂寞和枯燥，打破人與人之間的隔膜，促使人們互相了解，互相慰悅，互相親愛，團眾心而為大眾。

晚年，父親受盡了寂寞和枯燥的折磨。

最先使父親察覺自己和外界的交流有了障礙的，是聽覺的失靈。起初，還只在會場裡聽不清別人的發言；漸漸，家裡人在一起，邊吃飯邊談笑，父親會忽然插進一句：「你們在笑甚麼？」問明了嘻笑的原由，才也點頭笑說：「倒真是很好笑的。」有時候，父親沉默了好一陣子，搖頭說：「你們說些甚麼，我一句也聽不清。」旁人無意間把他忘在一邊了。

他也曾把希望寄託在助聽器上。用了好幾年，先後買過三種產品，一種更比一種先進。後來卻不知怎麼的，用助聽器聽家裡人說話，好像個個害了感冒，全都帶鼻音，而且全是高音。有時四五個人同時說話，只聽見男高音女高音還有刺耳的童音一齊向他襲擊，非常之難受；父親不得不把助聽器關上，所有的聲音固然全渺茫了，只是，看起來他仍舊跟大家在一起，實際卻是一個人獨坐在那裡。後來，父親完全捨棄了助聽器。有誰跟他說話，要湊近他的右耳（左耳更聾得厲害），最好用他熟悉的言語，不高不低的聲氣，慢慢兒說。我習慣跟父親說家鄉話，然而我的家鄉話早不是純粹的蘇州話了，夾雜了無錫、江陰、常州……各種口音。父親原來就經常抱怨我說的話實在古怪，後來那些年要向他說明白一個意思，往往弄得他十分吃力，更加煩躁。因而，儘管哥哥每每來信向我描述父親的寂寞，我去北京探望父親比先前勤了，在父親身邊耽的日子比先前長了，與父親的交談卻一次比一次少了。去年夏天，我孩子全家進京，看望祖父曾祖父。兆言有時進我父親房裡，坐在他的旁邊。我父親問：「可有甚麼事？」兆言說：「沒事，來陪您坐坐。」我父親聽了默然，過了一會，說：「蠻好，來陪我坐坐。」

父親的視覺衰退更早。七十年代末，戴上老花眼鏡，再用三倍的放大鏡，在日光燈或者強烈的陽光下面，才能勉強看看三號字的文篇。一九八一年底，青光眼發作，左眼劇烈脹痛，住了八宿醫院；此後就和書稿絕緣了。我看父親成天枯坐，時而勸他出去走走。後來有一回，父親說：「你叫我出去走走。你說，我能到哪裡去走走？」一想，果然。逛公園吧，即使把車子開到門口，公園裡那麼長的湖堤迴廊花徑，父親還走得動嗎；看朋友吧，俞平伯先生動員了女兒和外孫陪同（俞先生得過腦血栓症，非有兩個人攙扶，才能夠行走），前幾天剛來過八條。呂叔湘先生又太忙。其餘好些從「文化大革命」熬過來的老朋友，這幾年又紛紛謝世，叫父親去看望誰呢？從此，我不敢再跟父親提「出去走走」的話。

除去日益衰老造成越來越深的寂寞以外，我以為父親心裡更有一層寂寞。

還在父親耳朵不太聾的時候，有一晚哥哥和我陪着父親喝酒，談話中講到了黨內的不正之風，父親顯得極為憂慮和憤慨。我只怕父親過於動感情，夜裡會失眠，勸他說：「爹爹，不要動氣。別忘了辛棄疾寫的『白髮空垂三千丈，一笑人間萬事』。」父親沒聽明白，問：「甚麼？」哥哥替我補了一句：「一笑人間萬事。」父親板起面孔對我說：「我笑不出來！」前年父親生病，住在北京醫院裡。五月，我去北京，到醫院探望父親以前，哥哥關照我說：「父親這陣子心情很不好，有些話你不要跟他說。」一問，才知道當時社會上盛傳的若干件理當歸在「嚴打」之列的黨內腐敗現象，父親一一都聽說了。我很怕父親心情不好，擔心萬一自己說話不當，惹他發一頓脾氣，惴惴地走進他那間病房。剛坐定，父親就說：「你不用跟我講甚麼，我聽了生氣。」（以往每次去北京看父親，我總拉雜跟他講些近日的見聞。）過了好一會兒，他又說：「有些坐在台上的人，看他本人還不行，還要問令郎如何？令愛如何？尊夫人如何？」我哪能不明白父親的意思？然而，我這樣一個普普通通，與十二條政治生活準則又頗多距離的共產黨員，能講甚麼寬慰我的父親呢？無言以對。

沉睡

今年一月二十三日晚上，哥哥的幼子永和來長途電話，告訴我說，星期天夜裡父親突然接連咳嗽，氣喘不止；當夜住進北京醫院，經過各種檢查，會診的結論是肺炎引起了新的心肌梗塞（一九六七年父親患過一次心肌梗塞）。院方發出了病危通知。我買了二十五日的夜班機票飛往北京；第二天上午就去北京醫院。

父親晚年極其消瘦，躺在老大一張病床上，白褥子白被蓋，身軀彷彿剩不多少了。他看見我並不感到意外（院方沒有告訴他病情的嚴重），微微抬起正在掛水的右手，伸出大拇指對我屈了屈，表示知道我到了。我見他這等疲倦，不再多說甚麼，坐在病床對面的沙發上，默默注視着床前心率監測器屏幕上，延續不斷的綠色波紋。

有一個多星期，父親的心率一天比一天更接近正常；從一九七八年第一次因膽結石動手術以後，父親相繼闖過了好幾個生死的關口，於是全家堅定了這一次將也能闖了過去的信念。不想隨即起了變化，雖然心率尚屬平穩，然而跳動的速度卻上升到每分鐘一百二三十次；檢查的結果表明，剛進院時的肺炎和心肌梗塞都得到了控制，然而從外表看來，體力卻一天更比一天衰弱，以致要想翻身、喝水，或是大小便，都不呼喚了，只是稍稍做一做手勢。一天裡他很少睜開眼睛，人家只當他在睡覺，其實並沒有睡着，或者沒有睡沉，一會兒氣喘了，一會兒又咳嗽了。氣喘連連，實在吃力。咳嗽也極其勞累，往往要咳十幾二十來下，才能把已經堵在喉嚨口的一口痰咳出來，可是剛咳出一口，另一口痰卻又到了喉嚨口，叫人看着恨不能替他喘，幫他咳。每經過這樣一番折騰，父親總自言自語祈求似的輕聲說：

「睡覺。」給他用了藥和吃了早中晚餐以後，也常常輕聲祈求說：「睡覺。」聽日夜陪伴在他身邊的兀真（哥哥的長媳，時任父親的生活秘書）和天天都去陪夜的永和講，父親分別和他們兩個說過：「我要死在這張床上了。」然而，卻始終不曾跟哥哥和其他人說過這一類話。

二月十五日早晨，永和從醫院回家，報告說：「昨天後半夜，是爺爺這次住院以來睡得最安穩的了。」後來我去醫院，主任大夫來查病房，都只為看他均勻地打着鼾，睡得那麼沉，沒有驚動他。上午十一點多鐘，主任大夫又一次到病房來，見父親還在睡，說：「得把葉老喊醒了。」護士喊了幾聲，兀真又湊在他右耳上大聲喊「爺爺！」我正想，父親好容易盼得了一個好覺，請讓他睡吧！卻見主任大夫神色緊張地把神經科大夫請來了。這時候，除了用電筒照眼睛還有反應外，用小榔頭敲打手腳關節，掐眉心，父親都沒有知覺了。經會診斷定：父親進入了昏迷狀態。

這昏迷狀態持續到十六日清晨，七點五十分左右，父親的心率突然忽快忽慢，哥哥和我接到電話趕去醫院，只見大夫正在給父親施行人工呼吸，心率監測屏幕上還有一個搖曳的綠色光點，不一會兒，那綠色光點也熄滅了。

在悲痛的同時我又想：對於父親來說，這未始不是一種解脫。作為子女，我未能為他減輕晚年的寂寞，未能與他分擔生病的痛苦，只有和哥哥姐姐共同編成他已經出了四卷的文集，寄託對父親的思念。更盼望有朝一日，我們的財政經濟狀況，我們的黨風和社會風氣真正得到了基本的好轉。我也好在家祭的時候告知父親，這將會給他莫大的安慰。

編者注：葉至誠為葉聖陶之子。

一種慰心的生活

閻連科

我的父親有十五年沒有和我說過一句話了。埋他的那堆黃土前的柳樹都已經很粗了。不知道他這十五年想我沒有，想他的兒女和我的母親沒有，倘若想了，又都想些啥兒，可是我，卻總是想念我的父親，想起我小時候父親對我的訓罵和痛打。好像，我每每想起父親，都是從他對我的痛打開始的。

能記到的第一次痛打是我七八歲的當兒，讀小學。學校在鎮上，在鎮上的一個老廟裡，距家二里路，或許二里多一些。那時候每年的春節前，父親都千方百計存下幾塊錢，把這幾塊錢全都換成一疊兒簇新的一毛的角票兒，放在他睡的枕下的葦席下，待初一那天，再一人一張地發給他的兒女、侄男侄女和在正月十五前來走親戚的孩娃們。可是那一年，父親要給大家發錢時，那幾十張一毛的票兒卻沒有幾張了。那一年，我很早就發現那葦席下藏有新的角票兒。那一年，我還發現在我上學的路上，我的一個遠門的姨夫賣的芝麻燒餅也同樣是一個一毛錢。我上學時總是從那席下偷偷地抽一張，在路上買一個燒餅吃。偶爾膽大，抽上兩張，放學時再買一個燒餅吃。那一年從初一到初五，父親沒有打我。到了初六，父親問我偷錢沒？我說沒有，父親讓我跪下了。又問我偷沒有，我說沒有，父親在我臉上打了一耳光。再問我偷沒有，仍說沒有，父親又朝我臉上打了一耳光。記不得父親統共打了我多少耳光了，只記得父親直打到我說是我偷了他才歇手的。記得我的臉又熱又痛實在不能忍了我才說那錢確是我偷的。說我偷了全都買了燒餅吃去了。然後，父親就不再說啥了，把他的頭扭到一邊去了。我不知道他扭到一邊幹啥兒，不看我，也不看我哥和姐姐們。

第二次，仍是在我十歲前，我和幾個同學到人家地裡偷黃瓜。僅僅因為偷黃瓜，父親也許不會打我的，至少不會那樣痛打我。主要是因為我們偷了黃瓜，其中還有人偷了人家菜庵中那一季賣黃瓜的錢。人家捱個兒地找到我們每一個人的家裡去，說吃了的黃瓜就算了，可那一季瓜錢是人家一年的口糧哩。父親也許認定那錢是我偷了的，畢竟我有前科哩。待人家走了後，父親把大門閂上了，讓我跪在院落的一塊石板鋪地上，先劈裡啪啦把我打一頓，才問我偷了人家的錢沒有。因為我真的沒有偷，我就說真的沒有偷，父親就又劈裡啪啦地朝我臉上打，直打得他沒有力氣了，氣喘吁吁了，才坐下直盯盯地望着我。那一次，我的臉腫了，腫得和暄虛的土地一樣。因為心裡委屈，晚飯沒有吃，我便早早地上了床。上床也就睡着了。睡到半夜父親把我搖醒來，好像求我一樣問：「你真的沒拿人家的錢？」我朝父親點了一下頭。然後，然後父親就拿手往我臉上輕輕摸了摸，又把他的臉扭到一邊去，去看着窗子外。看一會他就出去了。出去坐在院落裡，孤零零地坐在我跪過的石板地上的一張櫈子上，望着天空，讓夜露潮潤着，直到我又睡了一覺起床小解，父親還在那兒靜坐着。

那時候，我不知道父親坐在那兒想了啥，三十年過去了，我還是不知道父親到底想了啥兒呢。

第三次，父親是最最應該打我的，應該把我打得鼻青臉腫、頭破血流的，可是父親沒打我。我沒有讓父親痛打我。那時我已經超過十歲了，到鄉公所裡去玩耍，看見一個公社幹部屋裡的窗台上放着一個精美鋁盒的刮臉刀，我便把手從窗縫伸進去，把那刮臉刀盒拿出來，回去對我父親說，我在路上拾了一個刮臉刀。父親問：「在哪兒？」我說：「就在鄉公所的大門口。」

父親不是一個刨根問底的人，我也不是一個高尚純潔的人。後來，那個刮臉刀父親就長長久久地用將下來了，每隔三朝兩日，我看見父親對着刮臉刀裡的小鏡刮臉時，心裡就特別溫暖和舒展，好像那是我買給父親的一模樣。我不知道為啥兒，我從來沒有為那一次真正的偷竊後悔過，從來沒有設想過那個被偷了的國家幹部是甚麼模樣兒。直到十餘年後，我當兵回家休假時，看見病中的父親還在用着那個刮臉刀架在刮臉，心裡才有一絲說不清的酸楚升上來。我對父親說：「這刮臉刀你用了十多年，下次回來我給你捎一個新的吧。」父親說：「不用，還好哩，結實哩，我死了這刀架也還用不壞。」聽到這兒，我有些想掉眼淚，我把臉扭到了一邊去。

我把臉扭到一邊去，竟那麼巧地看見我家老界牆上糊的舊《河南日報》上刊載着鄭州市一九八一年第二期《百花園》雜誌的目錄，那期目錄上有我的一篇小說題目，叫《領補助金的女人》，然後，我就告訴父親說，我的小說發表了，頭題呢，家裡界牆糊的報紙上，正有目錄和我的名字呢。父親便把刮了一半的臉扭過來，望着我的手在報紙上指的那一點。

兩年多後，我的父親病故了。回家安葬完了父親，收拾他用過的東西時，我看見那個鋁盒刮臉刀靜靜地放在我家的窗台上，黃漆脫得一點都沒了，鋁盒的白色在鋥光發亮閃耀着，而窗台斜對面的界牆上，那登了《百花園》目錄的我的名字下和我的名字上，卻被許多的手指指點點按出了很大一團黑色的污漬兒，差不多連「閻連科」三個字都不太明顯了。

算到現在，父親已經離開我十五年了。在這十五年裡，我不停地寫小說，不停地想念我的父親。而每次想念父親，都是從他對我的痛打開始的。我沒想到，活到今天，父親對我的痛打，竟使我那樣感到安慰和幸福，可惜的是，父親最最該痛打、暴打我的一次，卻被我遮掩過去了。至今我沒有為那次偷盜懊悔過，只是覺得，父親要能對我痛打上三次、四次就好了，覺得父親如果今天還能如往日一樣打我罵我就好了。當一個作家有甚麼意義呢？能讓父親如往日一樣打我嗎？不能哩，不能當作家有甚麼意義呢？

五年前，我的孩子九歲半，不停地從家裡偷錢去買羊肉串，吃得他滿嘴起燎泡，發現後我讓孩子跪在水泥地板上，一個耳光一個耳光往他的臉上摑。從此後，我就再也沒有打過我的孩子了。今年他初三，有次考試本應考好的，可是沒考好。沒考好他給我寫了一封信，信上說：「爸爸，你打我吧，你為啥不打呢？你為啥不打我呢？你應該打的呀！」

今年我出差回家，正趕上給父親上墳，站在父親的墳前，拉着墳前泛青的柳枝，想父親如果能手持柳枝從墳裡出來打我該有多好喲，那是多麼慰心的生活喲。

啞巴父親的啞巴愛

張建偉

父親是個啞巴，這一直是我心中一塊隱隱的痛。

我的家在一個偏僻的小鎮，父親就在小鎮的拐角支了一個燒餅攤賺錢養活全家。聽人說，我的老家並不在這兒，是父母後來搬到這兒的。逢年過節，父親總是一個人回去給爺爺奶奶送紙錢，然後下午再回來陪我們吃年夜飯。有時我鬧着要去，可他不讓，母親說你是女娃娃，去個啥？這使我對父親大為不滿。又加上與別的小朋友在一起玩時，他們總是排斥我說：「你父親是個啞巴，我們不跟你玩！」只此一句，我就恨上了父親，怪他是個啞巴，同時更怪母親不該給我找了個啞巴父親。母親聽了我的混賬話，立即就狠狠地搧了我一巴掌，父親看見了，一把把我抱進了懷裡，可我並不領情，而是把他一推，自己跑開了。這時的父親就站在那兒呵呵地傻笑。

七歲那年的一天，我揹着書包跟着父親走進了鎮子上最好的一所小學校，聽着父親哇啦哇啦地打着手勢和老師「講」話，我的臉羞愧得要命，特別是當我走進教室，有的同學指着我說：「瞧！她就是啞巴的女兒。」我更是想找個地縫鑽進去。從學校回來後，我就跟父親約定：以後不准他再進我們學校半步，否則我就跟他翻臉。父親想了一會兒，默默地點了點頭。

由於父親的原因，我在同學們中間總是抬不起頭，他們不和我玩，我也懶得和他們交往。在孤獨中，我品嘗到了受人冷落的滋味，但就是這樣的環境給了我過多的思考空間和學習時間。為了使自己內心深處那一點點可貴的自尊不再受傷害，我拚命地學習，良好的成績給我帶來了許多安慰，每當聽到別人拿我作榜樣來教育自己的子女時，我的心裡就會泛起難以抑制的喜悅，而這也成了父親唯一向別人炫耀的資本。看着他滿臉的笑容，我心裡很是激動：爸爸，要是你會說話該多好啊！

隨着年齡的增長，我逐漸體會到了父親生活的艱辛，每天天不亮，他就爬起來和麵，等麵發酵後，就收拾好東西，和母親拉着架子車來到燒餅鍋前，開始一天的忙碌。為了招攬生意，他總是滿臉堆笑「哇哇」地招呼着客人，有時碰到蠻不講理的，除了吃餅不給錢外，父親還要遭受對方的白眼和侮辱，父親內心的痛苦可想而知。想到父親的艱辛，我便開始為自己過去的做法感到羞愧。有好幾次，我都想跑到父親面前給他下跪，乞求他的原諒，可倔強的我實在沒有勇氣這樣做。在父親面前，我依然是那副不屑一顧的神色。母親看了，總是大聲訓斥我的無禮，而父親並不在意，他依然笑笑。

十八歲那年，我以優異的成績考上了縣重點高中。接到錄取通知書的那天，父親高興得臉上樂開了花，他把當天的燒餅全部免費送了客人。

離開了父親，我長長地出了一口氣，我終於脫離那個讓我傷心的地方。可這時，我又擔心城裡的同學會知道父親是個啞巴，看着我一臉的愁容，父親似乎猜出了這一點，他沒等我說話，就用手勢向我重申了我的那個幼稚的約定。就這樣，每個星期天，父親和我都準時來到城裡那個最大的商場門前，他把錢交給我後，就三步一回頭地走了回去，望着他那戀戀不捨的目光，我的眼淚再也控制不住地流了下來。

放寒假後，我又回到了那個小鎮，父親依然在他的燒餅攤前忙碌着，雖然他的攤前沒有一個客人。見到我下車，父親高興地搓了搓手上的麵，然後就收拾東西，拉着架子車回了家。剛進屋，我才知道母親病了，她人瘦了一圈，正痛苦地在床上呻吟着。見了我，母親還是勉強坐了起來，她想笑，嘴還沒張開，卻「哇」的一聲大哭起來；我一時慌了，猜不出家裡發生了甚麼事，就忙問母親怎麼了。母親看了看父親，父親悶着頭狠狠地抽着煙，這時，我才發現父親比母親瘦得還要厲害，他顴骨老高，眼窩又黑又深，而這一切，在上次父親給我送錢時，我竟沒有發現，想到這裡，我不由得自責起來。

儘管我再三追問，可父母甚麼也沒告訴我。父親只是打手勢說母親得了小病，不礙事的，接着就是要我好好安心讀書。那一夜，我輾轉反側，始終也沒能睡着。

第二天，父親起得老早，他拉着架子車準備上街。我穿好衣服，走過去要幫他，他說甚麼也不讓我去，非要我在家照顧母親不可。吃過早飯，母親就對我說：「晴兒，去到街上給你爸爸幫幫忙，我有病，你又上學，他一個人苦啊！」說這話的時候，母親一臉的淚水。

剛出門，我就碰到了鄰居李大嬸，她一把拉住我的手說：「閨女！有句話，我本來不該給你說，可看到你爸爸瘦成那樣，我不忍心啊！」接着，她告訴我，在我上學後不久，母親就得了病，到醫院一查，肝癌，晚期！父親當時一聽，就蒙了，他立即跪在地上請求醫生救母親一命，好心的醫生愛莫能助，只好告訴他，母親最多能活一年，還是留點錢，給病人買點好吃的是正事，住院等於拿錢往水坑裡扔。父親不相信，那一天，他在醫院裡發瘋似的，見了醫生就磕頭，可頭都磕出了血，醫院最終也沒有收留母親，後來父親只好把母親拉了回來。母親得病的消息傳開以後，再也沒有人買父親的燒餅了，因為他們都說母親的病會傳染人。此後，父親只好含淚撤了燒餅攤，不過他又怕母親知道這事，心裡着急，加重病情，於是每天天不亮，他照舊拉車出門，然後把車子擱在李大嬸家，他出去拾破爛掙錢，到了晌午再回家。在得知我要回家之後，父親把燒餅攤重支了起來，目的是不想讓我知道家裡發生的一切。

聽到這裡，我熱淚盈眶地向街拐角跑去。可到了那兒，我只看到架子車和做燒餅的工具，而父親卻沒了蹤影，就在我疑惑的當兒，一個好心的街坊告訴我，父親上縣城去了，據說是去買年貨。霎時，我楞住了：買年貨何必非要上縣城呢？看來父親一定有其他事。於是，我把車子拉到了家，就趕緊搭車去了縣城。

到了縣城，剛下車，就聽到有人議論說，有一個人暈倒在前面的商場門口。我飛快地跑過去，正是父親。此時他已經醒了過來，看見我，他的臉上浮起一絲微笑。父親顫抖地從衣袋裡掏出了一沓錢，然後示意我去商場裡買年貨。我接過錢，不由得放聲大哭，因為在那一沓錢裡面，我清楚地看到一張賣血的單子。進了商場，父親要給我買新衣服，我說甚麼都不要，他生氣了，於是我不再堅持了。我們給母親買了呢子大衣和頗為流行的女式褲子，共花了四百二十元，這也許是母親今生穿得最奢侈的一套衣服了，此時我實在不明白，一向生活儉樸的父親為何鋪張起來。

回來的路上，父親反覆打手勢叮囑我，不准把他賣血的事告訴母親，看着父親黑瘦黑瘦的臉龐，我的眼睛濕潤了。

這一年的春節，是我有生以來過得最黯然的，可父親卻表現得比哪年都高興。大年夜，他像個孩子似地拎着鞭炮圍着院子跑，迎着鞭炮的亮光，我分明看到了他的臉上滿是淚水。在父親的感染下，母親也有了精神，她穿着父親給她買的新衣服，安詳地坐在堂屋裡，靜靜看着父親。吃過年夜飯，母親和父親就坐在飯桌前默默地對望着，他們那專注的目光讓我侷促不安。我走進了裡屋，就躺在床上睡着了。

時間不長，父親推醒了我，使勁拉我來到了母親的床前，我才知道母親快不行了，她已經神智不清了，嘴裡喊着父親的名字。父親坐在床頭，捧起母親的頭，讓她靠在他身上，好一會兒，母親睜開了眼睛，看見我，她斷斷續續地說：「晴兒！……你爸是好人，……要聽話！」說完這些，母親眼睛死死地盯着父親，父親彷彿讀懂了母親的目光，他「嗚嗚」地哭着點點頭。凌晨時分，母親躺在父親的懷裡微笑着走了。

聽到哭聲，好心的鄰居都跑過來，幫助把母親入了殮，望着躺在棺材裡的母親，父親的眼睛一片茫然。有人問父親，是不是運回老家？父親搖搖頭。

到了中午，我家就闖進來一群人，一見他們，父親臉色大變，他大叫着，死死地壓在棺材上。來人甚麼都不說，他們上來幾個人，把父親拉開，然後就準備抬母親的棺材，我一下子傻了，我不知道眼前要發生甚麼！只能呆楞楞地看着這一切，最後還是鄰居們上來攔住了他們，他們這才說要把棺材抬回家埋了。接着他們就拿出了一份結婚證，說當年父親把他們村的女人拐來的，還帶個孩子。

雖然我和父親極力阻攔，但他們還是憑着人多，喊着號子抬走了棺材。就在母親的棺材抬出院門之時，父親點燃了鞭炮，在噼裡啪啦的鞭炮聲中，父親跪在地上不停地朝着母親遠去的方向磕着頭。

後來，我終於弄清了真相。父親並不是我的親生父親，他年輕的時候也不是個啞巴，剛開始他就和母親自由戀愛了，哪想到我的爸爸也看中了母親，他是鄰村的一個無賴，為了得到母親，他暗中找了一些地痞流氓，把父親毒打了一頓，還割去了父親的舌頭，就這樣父親永遠不會說話了，在爸爸的強迫下，母親最終嫁給了他，並生下了我。好景不長，爸爸因參與打架，砍死了人，被政府槍斃了，父親得知了這一切，就悄悄找到了母親，並帶着我們母女倆來到了這個小鎮。

聽到這裡，我才理解了為甚麼小時候不讓我回家的原因。

我來到父親面前，鄭重地跪下去，淚流滿面地說：「爸爸！我是你的女兒，我是你的親女兒！」話沒說完，父親就蹲下來，捧起了我的臉仔細地端詳着，瞬間，兩行清淚從他的眼睛裡湧了出來。

學校領導得知我的情況後，找來了父親，要他在學校門前支起燒餅攤，掙錢供我上學。可父親怯怯地看了看我，我想起了我們之間的那個約定。我拉着父親的手說：「爸爸！原諒我過去的無知，不管今後怎樣變化，你都是我最好的爸爸！」聽到這，父親笑了，從他那陽光般的笑臉上，我讀懂了如山般的父愛，我知道它一定能伴我走得很遠。

鍾鐵民

父親·我們

五八年十月間，我從屏東寄居地回到家裡。時間正當深秋，周圍打穀機不停地響着；樹梢間，蟬兒也正唱得高興。雖然家園的一切都令我感到親切溫馨，可是仍掩不住我心頭淡淡的憂慮。這是我離家一個多月後第一次放假回家。

父親已經好幾天沒有上班了，我曾路過他辦事的地方，據說他最近時常請假，身體不太舒服。這消息給我很大的不安，很久以前父親就常說肋骨又發痛，不要是舊病復發了吧？他給我的信中一個字也沒有提過呀！我想像着他會躺在床上看書，但是一進門，我就放下心來了。父親像往常一樣，正坐在後門檻上擦身體。他身子本來就瘦削，臉上氣色也沒有我想像中那麼壞。當他愉快地問我學校生活的時候，我漸漸把自己的疑慮拋向九霄雲外去了。然而我被自己的眼睛所欺騙，我該想得到，父親的病原是不露痕跡的呀！

這天晚上，父親跟我在飯桌上作了一次很正規的談話，他很少這樣對我說話，這使我意識到自己已經長大了。當晚，我的日記是這樣寫的：

爸爸一再地叮嚀，身體健康是最重要的，其次才輪到學問。高中這三年是人生最重要的時期，它決定着一個人整生的命運，分秒都應該致力在健康和學問上面。最後他告訴我說：「我近來身體很壞，目前這份差事本不想幹了，只是為了你們兄妹的將來，只得咬着牙根做下去。比如現在你們是一列火車，我跟你們的母親就要當你們的燃料、煤塊。目的是要你們能向前跑，我希望你們都能跑得遠遠的，並且比別人都遠。現在你們還能靠着這些煤塊，努力去跑吧！等到我們都成了煤渣，想再幫你們也不可能了。你想是嗎？」

我感到胸前熱血沸騰起來了，我必須更約束自己，盡自己的力量去做。

第二天我回學校去的時候，我好像是一下長大了許多似的，我的想法、思想都跟以前不同了。可是我絕沒有想到，兩年還不到，父親的光和熱同時都燃盡了？那才是他自己事業的開始呀！想起來真夠痛心啊！

父親熱衷於文學。他將全副的心力都放在寫作上。從我有記憶起，他就在不停的寫，可是我看到他的作品在刊物上登出來，卻是到他最後的一兩年的事。

長時期來，當父親寄予滿腔熱望的作品一次又一次地被退回來，我真不忍想像他的心情。對於他，每一篇作品都有着精神上和經濟上兩種重大的意義在內。我常常聽見他說出心中的懊悔，尤其最後兩三年，他不把我當小孩之後，他告訴我許多的事情。

父親的性情雖然和順，但是他很好強，也很自尊，不肯輕易服輸。當年，他身體多病，功課趕不上自己的兄弟，畢業後他獨自被摒於中學門外，傷心失意之餘，他企圖從另一條路去追上他們，於是他選了寫作。

「我開始就錯了。」他經常對我說：「我隨便學甚麼也不會落難到這般地步，做生意、學技術，甚至開山也會比現在強。」

是的，把一個人的大好時光消磨在不斷地揮筆當中，到頭來毫無收穫，甚至將自己的健康和家人的幸福都賠了上去，他怎麼能不對寫作感到絕望呢？不少次他丟開紙筆，計劃出外經商，也曾養過魚，養過雞。最後卻又重新拾起筆來，在毫無希望的情形下，再改舊作。我從他的許多言行動作裡，可以讀出父親心中的話：我不相信我比誰都不行！

他不高興我再走他走過的舊路子。他說農工商都可以選。學文，他不贊成。我從小就喜愛文學作品，父親又是寫文章的，我也常常想試試，這是他所最不放心的。尤其我身體殘缺，許多條件都依着我跟在他後面。臨終前，他還不忘為我操心着。我告訴他盡可能地我要完成學業，找份小差事後就接過他的遺書——寫作。

父親聽完歎了一口氣，停了一會才問我。

「寫作有甚麼好處？」

我當時很稚氣的應了一句：「可以成名。」

他很快就說：「名氣可以當飯吃嗎？」

我答不上來了，我確實不知道我要做甚麼好。父親熱切的望着我，嚴肅的說：

「這是你自己的事，你可以自己決定。你若一定要寫作，答應爸爸一個條件，你不要結婚。你喜歡吃苦是你自己的事，你沒有權利讓妻女也受連累跟你吃苦。」

這許多話是在他不住咬着牙喘氣中迸出來的，別人或許會認為它們過分偏激，過分現實，但是句句出自肺腑，要知道他正是讓現實生活擊倒的呀！

父親沒朋友。在得五六年文藝獎金以前，是沒有誰知道他的。在鄉間，人們把他當作沒有用的病人，寫字賣？倒是新鮮有趣的事。只有母親敬重他，知道他從事的是一種嚴肅高尚的而又永恆偉大的工作，當他到處遭遇失敗的時候，母親從來就沒有說過他一句話。

無望的、孤零零的，父親一個人埋在自己的世界裡，在那裡他沒有夥伴，沒有能夠與之說話的人，他必須要長期封閉自己的感情。在寂寞無奈中，他也常常招來一些做田的鄰人，開山的北部人。農暇時的晚上，他們坐在禾埕上拉拉胡琴，唱唱山歌，說的盡是一些粗魯的土話，但是父親喜歡聽他們的。他很少插嘴，聽到精彩的地方，他會笑着說一句話來表示他的驚異：

「呃？有這等事？」

這時他的眼睛是發着光閃的，嘴角也漾着笑意。我永遠也不會忘記父親說這句話的時候的神情。這些人，往往會出現在他的作品當中，還是同樣的神情同樣的態度，我都可以一一指着他們叫出名字來。

有些時候父親也會做許多傢具來消除自己的煩悶。他能蓋雞房，也會削篾片編織魚籠、菜籃和畚箕等等，他一面看着舊的，一面不住地試着，他編的菜籃竟然也跟那些師傅編的一樣好。有時他會逗着弟妹說笑，替他們做着玩具。他從病院回來不久，曾答應替我削一個陀螺，就是這個諾言，他一直沒有兑現，他後來說它危險，而且削起來也太費勁了。但是我從來沒有淡忘過它。

長期的養病是命運對精神的一種虐待。父親不敢出去做事，寫作又是永遠沒有報酬的工作，這等於長時間的失業。全家生活依靠母親的勞動來維持，父親最大的痛苦就在這裡了，這使他的自尊大大受到傷損，但是又無可奈何。為使母親減少操勞，便接管起家事來。除開洗衣服，他會全套炊事，此外還會割豬菜剁豬菜和餵豬，工作非常繁雜，還要管照小的弟妹，他寫作的時間幾乎全被剝奪了。值得慶幸的是他的健康情形已經大大變好，他又謀劃着要出外找事了。這是五五年的事。

就是這一年，我初中一年級。派出所戶口調查，我從附近朝元寺拿回校正後的身分證。父親卻為職業欄的「無業」感到生氣，立刻要我回去更正。

「改甚麼？寫作好嗎？」我問。

父親想了片刻，搖搖頭說：「改個農吧！」

沒有職業是一種難耐的苦痛和羞恥，我能體會出父親的心情。長期要忍受這種刑罰，會令人發瘋的。

一年又一年，我們的家庭生活越來越艱難，要想在這種情形下靜心養病，怎麼有可能呢？父親也曾出外做事，那是在一段長長困難的日子之後，他當起一個幹事來，也就是他《貧賤夫妻》裡所說的：給一家電影院每日寫廣告。

父親是在全家惴惴下工作的。母親早上送他出門，傍晚就眼巴巴等着他回來，只要時間上稍晚了一點，她就要不安地進進出出了。我還記得母親時常不時地站在庭尾高坎上遠眺。有一次，父親到天黑還不見影子，我們點着火把出去迎他。一直走盡了山路才看到他在黑暗中推着車子過來。母親替他推着單車，他們慢慢走着，說着，聲音低低。我在前面打火把。我們走的是山路，一面靠山，一面是甘薯園。山上松鼠呱呱啼叫着。這些都是過去的舊事了。

在這種情形下工作，我們全都明白，那不可能長久的，才兩個多月父親果然又累壞了。我們的生活立刻恢復到以前的困境了，五四年冬天，弟弟又不幸去世，我們的家庭頓時失去了生氣，這個打擊幾乎將父親打倒了。他就在此時寫下《野茫茫》。

我們的家庭，使得人人害怕了。四個人中一個病的，一個殘的，一個剛在學步，只有母親一個人在獨撐。在青黃不接的時候，借幾升米都不容易呢！有一次，因為向農會貸款而請一姓詹的鄰居擔保。詹的大兒子二十才出頭，當着母親的面抱怨他父親的不識時。

「擔保有甚麼關係？人家發展了會還的呀！」詹姓老農夫尷尬地笑着，詹的兒子對母親望了一眼，不屑地說：

「這種人家也望發展哪？哼！甸甸沉啦！」

這話母親現在還常常說起，當時確實曾令她暗中痛哭許久，也曾令父親坐在石禾埕邊發了半天呆。

那九年慘淡的日子，我們全在無望中捱着，連我們小孩子也能感到空氣的沉悶。五五年秋，我進了初中，日子更緊，但是我們好像全都痲木了。這期間，父親《野茫茫》的發表給他很大的興奮。可是這興奮沒有維持多久，稿費發下來，寄給父親四十元匯票，而且是高雄郵局兌領的，連往來車費都不夠。這張匯票一直便成了紀念品。

《野茫茫》發表後，父親投稿更勤了，但是一去必定一返。退下來的稿子，幾乎全要遭遇改作的命運。因此，有些作品是經過三次以上的刪改的。

五六年五月間，弟弟出世，父親有了新的寄託，精神好得很快。十一月，《笠山農場》

得中華文藝獎金，父親終於呼出一口氣，我們長久的黑暗時期算是撐過去了。

得獎後最令父親開心的是他得到了真真可以談心的朋友。在這以前他是多寂寞呀！他的許多作品，也就是這以後在他們的激勵下寫出來的。他們使他恢復了他的信心。他是全心全意敬愛着這些朋友的，我們可以從他接到他們的來信時的愉快看出來。

父母的同姓結婚，經常是父親作品中的故事。他不高興我看他的作品，我猜想他是為了為父的尊嚴，他有太多的真情流露發泄在作品當中，是不喜歡讓我們孩子們看見的，因為那多少有些難為情吧！何況裡面有着父親年輕時的韻事哪！

我常聽外婆說：父親年輕的時候是頗受女孩子注目的，他脫俗、瀟灑、彬彬的風度迷住好些女孩子。可是他偏偏選上母親，這就是所謂「緣」吧！也該說是他所最不相信的「命運」了。當他們在一起談笑時，母親常常歎息說：

「我前世大概殺人放火，欠了你的大債吧！今天才會跟着你受這種苦。」

有一次，我聽見父親是這樣回答的：

「既然是前世欠我那麼多，你要甘願還呀！」

母親瞪眼睛了，最後賭氣地說：「現在我還不夠甘願嗎？」

父親大笑了。我那時已經很懂事。

父母間的感情是無法剪開的，他們之間沒有你我，也沒有爭執，打架我更是從來沒有聽過的。跟父親在大陸上同住過的一位朋友，到現在還會笑母親跳斷一隻高跟鞋的事。他說父親到河南去玩，回來時帶回一位河南姑娘，把母親氣得高跳起來。但是這已經是太久以前的事了，我還很小，甚麼都不知道。

他對我們兄妹很寬大，他讓我們自由處置我們自己的事情，也不督促我們的功課，只偶然用些淺近的道理開導我們。他說：

「自己的事要自己做。」他又說：

「我寧可要能掮大木頭的笨兒子，也不要沒有健康的小狀元。」

這是父親的教條：健康第一。

我記憶中最早的父親的影像是他在松山病院的時候，母親帶我跟弟弟一同去看他。那年我八歲。上了病院二樓，我領先一路奔去，每一間病房的門都開着。我一間間的認。突然我感到身子發熱，一張我熟悉的，卻又有點陌生的面孔在面前，我們互相都呆呆地望了片刻。我忽然感到害羞和疑惑起來了。母親上來，當她眼睛發出光亮，湧出淚水站在門口時，我忍不住了問她：這不是爸爸嗎？

我們一年多不見面，爸爸說我變得很瘦，但是他也變了樣子了啊！他拉着我的手問我家裡的事，我學校的功課，我感到興奮和害羞，我覺得爸爸的手很溫暖，我漸漸把自己的許多事情也告訴了他，他微笑着聽着我說話，我們重新訂下交情來了。

「你二年級了，以後會給爸爸寫信嗎？」

我答應了。我們是坐在閣樓上說話的，窗外整齊的油加里樹就在眼底搖擺，上上下下的人們都對我們點頭微笑。爸爸坐在竹躺椅上，我們圍着他，四歲的弟弟則在我們中間穿插着，我們一直坐到天黑，第二天我們就回家了，父親一直送我們上車。現在時間已經過了許久了，但是每當我一看《閣樓之冬》或有關閣樓的字眼，腦海中會不期然地浮現出這些情景來，卻都像是許久前的夜境一般縹緲了。

我底下的弟妹，全是父親一手帶大的。他坐在搖籃前面的破籐椅上，膝上擱着書或稿紙，長長的繩子繞在腳趾上，輕輕地搖着。由老三、老四到老五，每次他們一哭，伴着哭聲的是父親低低的催眠曲：番仔調。調子是哀怨的、傷情的而又是纏綿的。以前祖母也能唱，現在可再也聽不到了，有時我亂哼，哼對了調子，我會不停的哼下去，哼得心中百感交集，悲痛落淚為止，因為此時我好像又回到了從前，聽父親在催眠。

我不是一個孝順的兒子，我自幼多病，父母不知為我擔了多少心事。我更曾嚴重地去殘害父母的心，想起來真教我萬分痛心、後悔。那年，我們生活最困苦的時候，桌上曾經一連數天只有白水煮白菜，我卻不管父母的傷痛，一連罷食了好幾餐，父親一直便愧恨自己沒有盡到做父親的責任，我的行為不是尖銳地刺破了他的心嗎？我現在一想到這件事便要痛苦許久，我欠父親太多了。

「你快好吧！我們兩個都不好，會把你媽拖倒的。」說這話才兩天，父親就病發去世。原來憂心我的病也是他病發的大原因啊！

父親去世，我除了哀痛又能如何？四年過去了，弟妹也都長高了許多，也懂事了許多。我們都深深地懷念父親。

我早就該寫紀念文了，可是我不知道如何去寫。父親是一位很平凡的人，我只能寫出一些雜雜亂亂的生活片斷！一個平凡的人所當有的。而這正是我不願意寫的，因為在我，以及我們兄妹心目中，我們的父親永遠是一位了不起的偉大的父親啊！

編者注：鍾鐵民為台灣作家鍾理和之子。

楊牧之

無法彌補的時候

再過幾天就是父親的忌日了。一晃六年過去，六年來，每當想起父親，我就覺得很沉重，一種對不起他老人家，而又無可挽回、無可奈何的痛楚猛烈襲來，父親對我的摯愛與我對父親的孝心，真是天壤之別。

那一天，辦完父親的喪事，我和姐姐、弟弟不約而同地回到父親的臥室，翻檢父親的遺物。我們心裡都明白，這既是對父親的眷戀，父親雖然去了，他生前所用的物品，不也是父親的一部分嗎？也想從中找一件父親常用的東西作為終生的紀念。明天，我們姐弟即將東南西北，回到自己工作的地方，誰知道甚麼時候能夠再回來祭奠父親呢？

我一眼看到衣箱裡的一個茅台酒瓶子。我拿過來，眼裡頓時湧滿淚水。這個酒瓶子我太熟悉了。這是我大學畢業領到第一個月工資時給父親買的禮物。父親愛喝酒，但從不買高級酒，也買不起高級酒。尤其是母親去世後，家境困難，一條黃瓜就是下酒的菜。記得茅台酒當時是八元四角錢一瓶，在五、六十年代，那是很貴的價錢了，一般人不買。我早就計劃好了，等我領到工資，第一件事就是給父親買一瓶茅台酒。沒想到這個酒瓶子父親一直留到現在；二十二年過去了，瓶子舊了，商標也變了顏色，爸爸依然保存着。想着，我的淚水不能控制。兒子對父親的一點點好處，父親是如此珍重！父親對兒子的滿腔期望，幾十年如一日的辛勤撫育，可以用甚麼衡量，兒子又如何報答得了呢？

父親去世的前幾年，我因為工作忙，很少回老家。因為老家在鐵路線上，有時外出開會，散會後，中途下車，回家看看老父親。我記得在家住的最長的一次是一九八七年的中秋節，總共在家住了三十六個小時。那年父親已經七十四歲，剛患過肝炎從醫院出院。過去父親住的樓房沒有暖氣。是弟弟自己裝的土暖氣，燒不太熱，在房間裡穿着棉衣棉鞋還縮手縮腳。這次回去，經過弟弟的努力，父親的單位照顧他年老體弱，又剛剛病好，給他調了有暖氣的樓房。外面冰雪覆蓋，室內溫暖如春，爸爸只穿件薄毛衣，舒坦得很。我很為爸爸終於住上了暖融融的房子而高興。但看到剛出院的爸爸，臉色慘白，弱不禁風，酒也戒了，煙也不抽了，心裡放不下。我想多住一、二天，又怕耽誤了工作。爸爸看出我的為難，笑着對我說：「回去吧，我這不是挺好嗎？回去幹工作去。」第二天，我走了，弟弟替我提着提包。爸爸也穿好了衣服要去送我。我說甚麼也不同意，外面冰天雪地，寒風凜冽，萬一着了涼怎麼辦？勸阻再三，爸爸同意不去送我。我和弟弟剛登上站台，還沒有放下提包，爸爸便走了過來，倒背着手，朝我和弟弟微笑着。那得意的樣子，彷彿在說：怎麼樣，不比你們走的慢吧？呵，你知道我當時是甚麼心情嗎？我頓時想起了朱自清先生的《背影》，想起了《背影》中父親的形象。普天下的父母對兒女都是這樣的忘我，都是這樣的摯愛無邊啊。那是父親最後一次送我。幾個月後，他就又一次住院，終於沒能從醫院出來。

在我手裡還保存着父親的另一件遺物。這是一個圖書館的借閱證。六年來，每當我看到這個借閱證時，慚愧、不安和負疚一起奔來。那個借書證已經很舊，在借還日期欄目裡密密麻麻，一行接一行，幾乎快寫滿了。細看借還時間，多半是今天借，明天還，最長的間隔是三天。這不就是說幾乎天天跑圖書館嗎？這不就是說每天讀一本書嗎？而在這個借閱證上記載的最後一次還書時間恰恰是生病住院前幾天，一個七十幾歲的垂老之人，竟每天奔走於家與圖書館之間，我怎能不慚愧？

除了慚愧，我還有一種負疚感。爸爸是出奇地愛讀書。六十歲離休之後，《英語九百句》傳入中國，他得到一本，整天不離身，誦讀、默唸，像一個中學生那樣用心。隨後，他又開始學朝語，讓我吃驚不小。一次看到他枕邊有一本《朝鮮語讀本》，很奇怪，問他這樣大年紀了，為甚麼還學朝鮮語？他笑笑，說：可以幫助理解日語。記得我在大學讀書時，偶然得到一本歐·根室的《非洲內幕》，爸爸愛不釋手，幾次對我說，這樣的書看了視野開闊。書前的目錄沒有了，書後也缺了幾頁，爸爸先是按照書的頁碼、書中的標題自己編了一份目錄，粘在書前。後來又託人從長春借來一本完整的《非洲內幕》，將缺的幾頁用稿紙抄下來，又把稿紙裁成書頁一樣大小，補在書後。我到了新的工作崗位，是作圖書出版的管理工作，爸爸並不很高興，唯一的囑咐是：以後有好看的書寄點來。我因為忙於雜務，很少給父親寄書。最近翻檢父親給我的書信，先前幾乎每封信都說，如有便寄點可看的書來。後來，說的就很少了。我想，一來是因為我每次信都說自己忙、時間緊，沒時間寫信，請父親原諒；二來，我又確實沒寄過幾次書。今天想想，這是父親向我提出的唯一的要求，而又是我這個人唯一有條件滿足父親的一件事，但我卻沒能去做。現在，我手頭有那麼多父親愛看的書，裝幀得都是那麼漂亮，再不是缺頁少篇的殘書了，可我也再沒辦法讓爸爸看到了。

我最不能原諒自己的是父親病重住院的事情。一想到這件事，內心就不能平靜。父親病重，一躺四十天，我和在北京工作的姐姐利用「五．一」假期回去看他。他十分高興。我們回去前，他吞咽困難，一天吃不下一碗稀飯，體重只剩七十多斤。我們回去後，陪伴着他，和他聊我們的工作、生活、家庭、孩子，父親居然緩了過來，漸漸地一頓飯可以吃一小碗餛飩，或者一小碗片湯了。但病情還是不見好轉。四十天過去了，當地的醫院已經沒有辦法治療了，我和弟弟設法給他轉院。父親沒有提任何要求，一任我們安排，實際上他是希望跟着我到北京的。也許是為了治病，也許是為了在離開我們之前，能和我在一起住一段日子。但當時我考慮的非常實際。我實在為難了。北京的醫院我人生地不熟，到了北京我有能力讓父親立即住進醫院嗎？我住的是平房，沒有衛生間，不論颳風下雨上廁所都要到胡同裡的公廁。當時父親體重只剩下七十多斤，每天需要點滴葡萄糖，不要說一個月住不進醫院，就是一週，怎麼辦呢？這時朋友鼎力相助，為我在長春市聯繫到一家醫院。權衡利弊，我下決心把父親送到長春的醫院。我因為急着回單位上班，沒有送父親去醫院，朋友從醫院請來救護車把父親接走。那一天，我看着遠去的汽車，怎麼會想到這是和父親最後的一面呢？父親去世後，每想到住院的情景，我都心如刀割。我雖然用種種解釋為自己辯白，但我從來沒有安定過，尤其想到父親把自己的願望存在心裡，想到父親怕兒子為難，寧可委屈自己，心裡更加沉重。現在，我終於明白了，我之所以不安，是因為自己一直沒有勇氣把內心如實托出，一直為自己開脫。實際上我是不肯承認自己怕辛苦，不敢承認怕父親來北京自己要東奔西走，託人情、找醫院。今天，當我這樣想，這樣請父親寬恕時，我心裡終於好受一些了。

接到姐姐告急的電話，去火車站買票。因為是電話，你說病危沒有根據，不賣；想買一張站台票，進了站再說，但沒有當日的票，不賣；到航空售票處，當日的票早售完了，最早也要一週之後，……嗚乎！叫天天不應，呼地地不靈，老父已在彌留之際，我卻還在千里之外，不知如何上路！幸而朋友聰明，買了一張去西北的退票，用這張當日票買了張站台票，這才得以混入站內，踏上了北去歸家的路。但這時已經太晚了。父親在我登上車廂不久，已經等不及我了。

六年過去了，六年的痛苦使我明白了一個道理。人的一生並不就是一件事，並不只是工作，人生還有那麼多真摯的東西，那麼多動人的感情，這都是我們的寶貴財富，是能夠讓我們活得好，工作得更好的動力。父親的一生沒有壯烈的場面，也沒有多少得意的時刻，任何地方也留不下他的名字，但父親的去世，卻最後給我留下了一筆遺產，這就是讓我悟出了一個人生的道理：珍惜那一切美好的東西，不要等到無法彌補的時候。

一九九五年一月於梅地亞

父親

陳敬容

太冷哪，冬之夜。

火盆裡底火正熊熊地燃着，照紅了圍坐的母親、弟弟和我底臉。我不住地把兩手在火上晃來晃去，偶爾偷偷地望一望坐在桌前喝酒的父親：他底臉，現在雖因幾分酒意而帶着點紅色，不像往日那樣冰冷地板着了，但我仍不敢多看，趕快又把眼光收回來，落在雙手與爐火上了。

這所古老而寬大的屋子，在這樣的寒夜裡顯得多麼寂寥呵。大家都沉默着；母親有時和父親作一兩句簡單的回答，隨後又復默然。廳堂裡和樓板上，時有成群的老鼠跑來跑去，弄出很大的響聲，惹得小貓咪嗚咪嗚地叫了：多難受呵，讓人這樣悶着！看一看弟弟，他也正無可奈何地看着我底臉；母親呢，低了頭不知在想些甚麼，只有她嘴唇動了一下，似乎要說話的，又咽下去了。

「甚麼呢，媽媽？」

「沒有甚麼。」

無聊，來一個呵欠吧。但這個呵欠立刻傳染了母親，她接着也呵欠起來，疲乏地睒着眼睛。

「怎麼，還早着呢，你們就瞌睡起來了？」

想是父親聽見我們呵欠，以為我們想藉故走開，因而發怒了吧？我們都膽怯地望着他，奇怪了，這回他臉上並無一點怒色，大家放了一半心。

「是還早呢。」

母親有意無意地回答着。父親看看我們，怪沒意思搖搖頭，使勁喝了一口酒；對着半朵搖搖欲墜的燈花，呆呆地不作一聲。從那棕黑而帶着倔強性的臉子上，不可掩飾地透露出十幾年來奔走於軍中的風塵。一個疑問不經意地飄進我底腦中：父親怎麼就顯得有點老了呢，不是還不到四十歲嗎？

但我馬上又想到別的事情上去。我常常聽人說，也許就是父親自己說的吧，說冬夜裡一家老幼圍爐坐談，是一件最快樂不過的事。這時，不知有多少和我們一般大的孩子，正笑瞇瞇地坐在爐火之旁，聽他們底父母講一些美麗的故事呢；一爐紅紅的炭火上煎着新茶，嚕嚕的沸水聲伴着他們一串歡樂的笑，滾到爐火裡，爐火是燃得更紅了。

是嗎，我不也正同着我底家人圍坐在爐火邊嗎？

父親要不在家，我們這時候也許正同母親圍爐笑談，母親談着她底回憶中的童年，談着一些好孩子的故事；有時也談到我們底父親，雖然我們並不要聽。也許母親正躺在床上把小妹妹拍入甜蜜的小夢裡去，弟弟正弄着勞作，或調配從《小朋友》雜誌上看來的演魔術的藥料，我則讀着小說，或是手裡捏了一管鉛筆在練習繪畫。冬之夜，永遠是那樣靜靜地，可是從未使我們有過寂寞感，父親不在家，時光總是這樣輕易地流了去，這中間，我們也用心唸書，也好好遊玩，在母親底愛撫之下，如像深山的草木在陽光裡，悄悄地，日繼一日地成長。

母親忽然嗆嗆地咳嗽起來，雙手按着胸口，滿臉漲得緋紅。我連忙替她捶着背，弟弟走去舀了一杯熱茶給她。怎麼好呢，母親身體近來越變越壞了，特別是幾個月來父親在家，事情多，她操勞過度，本來就不很強健的身體當然更容易遭病了。

我們常常怕母親生病，但母親偏常常病着。父親不在家的時候，她病了我們可以陪她談心，安慰她，有時我們底無知的話語不禁使她發笑。但是父親在家了，每當我們日暮裡放學歸來，屋子裡窗戶緊緊閉着，窗紙上透着一層薄弱的黃昏的光，母親床上的帳子沉沉地垂着，或是掛起一幅來，現出那用一隻手支在枕上的慘淡的病臉；離床不多遠，在一把大靠椅上坐着一個臉色陰沉的中年人，那便是我們底父親，口中正含着一隻葉煙，兩腿不停地左右搖動着，看見這種情形，我們只好慢吞吞地挨到母親床邊，問了一聲好些沒有，便把書包掛上，悄悄地畏縮縮地坐在一邊，雖然心裡有很多話想同母親說，但一看到那張陰沉沉的臉，似乎正等着我們說錯了或做錯了一點甚麼，便好沉着聲音來一個「媽的」，或竟致伸出那隻有斷掌的手；因此我們連坐着也不安起來，加以那悶氣的房間，那窗上的薄薄的光……

而現在是放寒假的日子呢，要是母親病倒在床上了，叫我們怎樣去消磨那從天亮以後的長長的時間呵。我一直望着她，希望看出她是健康的，是不會害病的；但是天呵，她那瘦瘦的臉，那陷進去的兩個眼眶！我害怕而又不勝悲哀地俯下頭去，用鐵鉗夾了一塊炭放在火盆裡。

父親早喝過了酒，這時也走到爐邊來，恰好坐在我和弟弟的中間，我們都不期然而然地向母親身邊挨攏一點。

「冰凡！」

教訓來了，我想。

「你們甚麼時候開學？」

原來是這句話，剛才還聽見他問過母親的，現在怎麼又問起我來呢？怪！莫不是叫我下期別上學吧？我又疑懼着，因為我常常有這種危險的呵。不過一面我還是恭恭敬敬地回答了他。

「那末到你們開學的時候，我已經不在家了呢。」

這話引不起我們一點興趣，誰都不願作聲，於是散失到被爐火照紅的空氣中去了。一向除了罵人而外從不肯和我們多說話的父親，今晚特別不同，好像一點寂寞都耐不住似的，又問弟弟：「式行，你不是喜歡科學家的故事嗎？我這回一定給你買一本《科學偉人傳》回來，好不好？」

弟弟舉起驚喜的眼睛向他望一望，回答了一個「好」字，就又低頭默着了。

父親沉重地歎了一口長氣，也默不作聲。爐火照見他緊鎖雙眉，眼望着一塊塊燒紅的炭。

早就睡着了的小妹妹忽然在隔壁哭起來，母親連忙站起，離開了這間溫暖的屋子。當她跨過門限時，我想起幾年前一個黃昏，為了點甚麼小事，父親抓着她底胳膊，向門限那邊一拋，把她拋得直挺挺地臉朝下面躺在地上，父親還在這屋裡罵着，摔着東西。我也記得，從那以後，健康的母親就漸漸多病起來。

看着母親一走，我和弟弟互相望了一望，只想趨勢也走開去，但剛要站起時又止住了，經驗告訴我們，這樣走了會被叫轉來而且大罵一頓的，不如趁早別動吧。但是父親卻說了：「過去幫幫你媽媽吧，我看你們也要睡覺了。」

於是我們立刻離開了火爐，離開了四面溫暖的空氣。跨過門限時我聽到一聲更長，更沉重的歎息。

母親正輕輕地唱着，拍着小妹妹哄她睡覺，桌上一盞燈一閃一閃地抖動着；我們一過來，便都很快地走到母親跟前。

「今晚爸爸很想同你們說話的呵。」

母親低低地對我們說，聲音裡帶點唏噓，我沒有回答。

「可是說甚麼呀！」

弟弟搶着回答，一面用兩手揉着眼皮。

這晚，當人們把一切喧嘩都帶到夢裡去了，我悄悄地坐在燈下讀一本甚麼小說（那是當父親上街去了，我把零用錢託弟弟替我買的），隔壁有沉重的穿着布底鞋的腳步聲在地板上拖來拖去，時而又停了下來，接着聽得一聲歎息。

窗外淅瀝地下着陰寒的小雨。夜之森嚴充塞着這所古老而寬大的屋子。

早該說的一些話

蘇叔陽

我對先父的感情並不特別深厚，甚而至於可以說，相當淡漠，我們同住在一個城市四十餘年，卻極少往來。親情的交流和天倫的歡愉似乎都屬於別的父子，我們則是兩杯從不同的水管裡流出來的自來水。

我很少揣測他對我們兄弟的情感，我單知道我自己多少年來對他抱有歧見。我的作品裡很少有我自己的經歷，更少寫到父愛，因為在我自己做父親之前，我幾乎不知道父愛。然而，我常常動情地呼喚普遍的愛心，這也許正是對我所不曾得到的東西的渴求。

我父母的婚姻是典型的「父母之命，媒妁之言」。正準備入護士學校的母親，輟了學嫁給正在讀大學的父親。他們之間，似乎不能說毫無感情，因為母親偶爾回憶起當年，說她婚後的日子是快樂而滿足的。接着，我們兄弟來到這個世界。我行三，在我前面有兩位哥哥，各比我年長兩歲和四歲。我的降生或者是父母間感情惡化的象徵。從我記事時起就極少見到父親。他同另一位女士結了婚。他的這次結婚究竟如何，我不得而知，記述他的這段往事是我異母妹妹們的任務。我只記得我很小的時候母親帶着我風塵僕僕地追索父親的足跡，在他的新家門口，鵠立寒風中被羞辱的情景。我六歲的時候，父親回過一次家，從此杳如黃鶴。只留下一個比我小六歲的妹妹，算是父母感情生活的一個實在的句號。

我的母親是剛強、能幹的女性。我如今的一切都是她無私的贈予。一個失落了愛情和斷絕了財源的女人，靠她的十指和汗水，養大了我們兄妹，那恩德與功勞是我永遠也無法報償的。我謹守着對她的摯愛這份寶貴的財富，打算在難以述說別人的故事的時候，再來細細地講述她的奉獻。她從三十歲左右守活寡，直到今日，每一根白髮都是她辛苦和奮鬥的記錄。

在我讀大學以前，我幾乎不知道父親的蹤跡，一個時時寄託着怨悵和憎惡的影子常在我眼前飄盈，當我知道他就在同一個城市的一所高等學校教書時，我不願也不敢去見他。

然而，我得感激他。因為靠母親的力量是無法讓我讀大學的。記得好像是經過我的母校（中國人民大學）與他所在學校組織上的協助，達成了由父親供給我與上師範學院的二哥生活費用的協議。不管怎麼說，他供養我大學畢業。

從那時起，我開始逐步了解他。而我為他做的第一件事，就是說服我母親，作她的代理人，同意在法律上結束這早已名存實亡的婚姻。因為一夫兩妻的尷尬處境，像一條繩子捆住父親的手足，使雙方家庭都極不愉快，而且影響他政治上的前途。記得受理這案件的法院極其有趣而充滿溫情，審判員竟然同意我的要求，由我代為起草判決書主文的初稿，以便在判決離婚時，譴責父親道德上的不當，使母親在心理上獲得平衡。那一張薄紙可以使母親幾十年的悲苦得到宣泄。

這張離婚判決書似乎也使我們本來似有若無的父子關係更趨向於消亡。從二十世紀六十年代至八十年代，悠悠幾十載，我們便這樣寡淡到連朋友也不如地度過了，度過了。

也許，畢竟血濃於水，親情誰也不能割斷。我們父子間真個是「不思量，自難忘」。每當我有新作問世，哪怕只是一篇短短的千字文，他都格外欣喜，剪下來，藏起來，逢年過節約我們見面時，喜形於色地述說他對我的作品的見解。我呢，從不諱言我有這樣一位父親，每逢到石油部門去採訪，都坦率地承認我是石油戰線職工的家屬，並且「為親者諱」，從不提起我們之間的齟齬，彷彿我們從來關愛無比，是一對令人羨慕的父與子。

父親生前是北京石油學院的教授，曾經是中國第一支地球物理勘探隊的創建人和領導者。也曾經為石油學院地球物理勘探系的創建付出了心血。他退休後依舊孜孜於事業的探求和新人的培養，據他的同事和學生們說，他是一個誨人不倦、親切和藹和事業心極強的好教師。他死後，《光明日報》發表了一篇不短的文章，紀念和表彰他一生的業績。

他的一生是坎坷的。在舊中國，他所用非學，奔波於許多地方，幹一些與他的所長全不相干的事，以求餬口。只有新中國成立後，他才獲得了活力，主動地要求到大西北去做石油勘探工作，為祖國的石油工業竭盡自己的力量。他的一生或許是中國知識分子的一個寫照。他畢竟死於自己心愛的崗位上，這應當是他最大的安慰。

人生是個充滿矛盾的路程。在愛情與婚姻上，他有過於人，給兩位不應得到不幸的女人以不幸，但他自己也未必從這不幸中得到幸福。他的家庭生活始終徘徊在巨大的陰影中。這陰影是他造成的，卻也有他主宰不了的力量使他蹀躞於痛苦而不能自拔。他在生活上是懦弱的。他的多躊躇而少決斷，使他終生在怪圈中爬行，惟有工作、科學，使他的心衝破了自造的樊籬，他的才智也放出了光彩。

當他的第二位妻子，我從未見過面的另一位「母親」悄然而逝的時候，不知道甚麼原因，我對他的一切憎惡、歧見，一下子消失得淨盡。對於一個失去了伴侶、老境淒涼的他，油然生出了揪心扯肺般的同情和牽掛。我第一次主動給他寫信，要他節哀，要他注意身體，要他放寬心胸，我會侍奉他的天年，還希望他搬來同我一起住。為甚麼會如此，我至今也說不清。而且，我從此同兩位異母妹妹建立了聯繫，雖然關係不比同母兄妹更密切，但我在感情上已經認定，除了我同母的妹妹之外，我還有兩位親妹妹。從那時起，我們父子間感情的堅冰融化了。我把過去的一切交給了遺忘，而他，也盡力給我們以關懷，似乎要追回和補償他應給而沒有給我們的感情。

我大約同他一樣在感情上是脆弱的。當我第一次接到他的電話，囑咐我不要太累的時候，我竟然掉下了熱淚。這是我生平第一次為父親流淚，我終於有了一位實實在在的，看得見摸得着，可以像別人的父親那樣來往的父親。在我年屆半百的時候，上天給了我一個父親，或者說生活把早已失去的父親還給了我。我從我的已長大成人的兒子們的眼光中看到了驚詫，他們同我一樣感到突然，他們的爺爺從模糊的傳說的迷霧中走出來清晰地站到了面前。他們甚至有些羞澀和不知所措。不知道該怎樣面對一個真實的祖父。對我來說，父親曾經是個迢遙而朦朧的記憶，除了憎惡便是我不幸的童年的象徵，是我母親那點點熱淚的源泉，是她大半生悲苦的製造者。她那開花的青春和一生的願望都被父親斷送。而今，另一副心腸的父親，孤單地站在我面前，他希求諒解，他渴望補償，卻再難補償。我，作為母親的兒子，一下子「忘了本」，扔掉了所有的嫉恨，孩子一樣地投到了老爸的懷抱。這或許是我太渴望父愛，太希求父愛的緣故吧。

此後，他不斷給我電話和書信，給我送藥，約我們見面，縱論國家大事，也關心我的兒子。表現出一個父親應有的愛心。

我衷心地感激上蒼，在我施父愛於兒子的時候，終於嘗到了父親的金蘋果。雖然太遲、太少，總算填補了一生的空白。

上蒼又是嚴酷的。這經過半個世紀才揀回來的父愛，又被無情地奪走了。

去年五月，半夜裡被電話驚醒，知道父親突然病危住院，病因不明。我急急地跑到醫院，發現他已經處在瀕死狀態，常常陷入昏迷。他突然莫名其妙地全身失血，缺血性黃疸遍佈全身。但他不自信自己會這麼快走向墳墓，依舊頑強地遵從醫囑；喝水，量尿，直到他預感自己再也無法抵抗死神時，才開始斷斷續續述說自己的一生。在我同他不多的交往中，我第一次發現他有如此的勇氣和冷靜。面對死神，他沒有丁點兒的恐懼，他平靜地對我和我的異母妹妹述說自己的一生。他說他的父母，他的故鄉；說他怎樣在窮苦中努力讀書，一心要上學；說他的坎坷，說他的願望；他喟然感歎：「我這一生真不容易……」他還要求為他拿來錄音機，不知是要把自己最後的話留給我們，還是再聽一遍他關於一九九〇年自己該做些甚麼工作的設想。（他死後我翻揀他的筆記本，見扉頁上赫然寫着：一九九〇年要在科研上做出新的成績，寫出幾篇文章。）聽着他斷續的話，我再也忍不住，跑到走廊裡，讓熱淚滾滾流下。

他去世的那天凌晨，我跑到他的病房，妹妹一下子抱住我大哭。我伏在他還溫熱的胸脯上一聲聲叫着「爸爸」，想把他喚回，他的靈魂應當知道，那一刻，我喊出了過去幾十年也沒喊過那麼多的「爸爸」；我失聲痛哭，我不知是哭他還是哭那剛剛得到又遽然而逝的父愛……

他走了，從他告別人生的談話中，發現他雖有遺憾，但沒有惆悵地離開了這個世界。卻留給我和我的兄妹們無法述說的隱痛。從小和他生活在一起的兩位妹妹，因為失去了他而陷入孤寂；我們則把剛剛得到的又還給了空冥；我們兄妹都突然被拋向了失落。而這失落是我生平第一次體會到的。

他的喪儀可謂隆重，所有的人都稱讚他的品格和學識。只有我們才知道他怎樣從一個孩子們心目中的壞父親成為一個為他衷心潸然的好父親。這是幾十年歲月的磨難才換來的。

他把糖尿病遺留給我，讓我總也忘不掉他。然而我不恨他，反而愛上了他，並且從他身上看見了良知的光輝。當一個人拋棄了他的過失並且竭力追回正直的時候，就能無愧地勇敢地面對死亡。何況，他生前還那麼努力地工作，正如《光明日報》的文章所說的那樣，是一支「不滅的紅燭」。

我早就應當寫這篇文章，然而我不知該怎樣分清對他和母親的感情。忘記他的過去，似乎有悖於母親的恩德，然而只記得他的過去，似乎又對不住他後來的愛心。噢，媽媽，我是最最愛您的，相信您會懂得兒子的心，這也正是您對我的教誨，應當始終記住別人的好處。況且，他是我的父親。

我曾經不愛而今十分愛的父親，您的靈魂或許還在雲頭徘徊。您可以放心，我們愛您，愛一個過而能改，勤勤懇懇為民族為祖國工作的知識分子，愛一個用餘生補償父愛的父親。

願您安息！

長相思

梁文薔

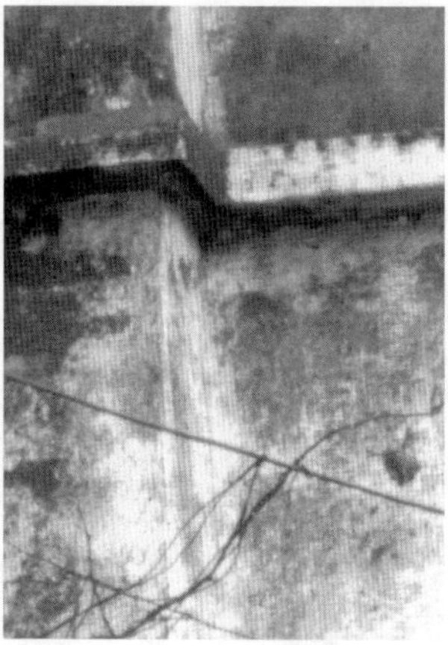

爸爸和信

寫信是爸爸生命中很重要的一環。他愛收信、愛寫信、愛發信、愛藏信。我很難想像，如果沒有郵局，他的生活會變成甚麼樣。一九七二年爸媽遷美與我同住。我們為了籌備迎接他們，決定買房搬家。買新房條件之一是必須近郵局。我常喜調侃爸爸，說他一輩子只會做兩件事，一是寫稿子，二是上郵局。爸爸寫信之勤快，很少人能望其項背。這當然和爸爸的寫作經驗有關。有人提筆千斤，視寫信為畏途。爸爸拿寫信當家常便飯，認為是每日工作之一，是款舒情懷之方式，是與世界溝通之橋樑。爸爸寫信，振筆疾書，不擬稿，不重寫，不修改，一氣呵成。然後重讀一遍，寫信封，貼郵票、密封。常常一氣寫上三、五封，置於案頭，一貫作業，有條不紊。遇有重要信件，則絕不假人手，必須親自投郵。遇有急事，則一言不發，皺着眉頭，直奔郵局，分秒必爭。信件一入郵筒，如釋重負，然後款步回家。

爸爸的信一如其人，很灑脫，不注重外表。他不肯買特殊信箋和信封，能用就行。他常常用停業公司行號之作廢信箋寫信，有時也用久藏發黃的稿紙。由此可見他的節儉和風格。

爸爸年輕時寫信，常常只寫月日，不註年份。後來大概受胡適先生影響，為日後考證方便，提倡寫信註明年月日。以我存家書為根據，這個轉變大約發生在爸爸六十歲以後。但是習慣難改，提倡歸提倡，自己也常常忘寫。大約在爸爸七十歲以後就每信都有年代了。在這期間，爸爸經常督促我也如此做。我不肯，怕麻煩，而且心中不服。我辯稱，我的信沒有後人來考證，記年代所為何來？後來，為了討好爸爸，只得照做。日久成習。現在才知道，即使無後人考證，自己當資料查查，也是十分方便（因我給爸爸的信，亦由我收藏。）爸爸在信尾記年是依民國紀元，不喜用公元。最近，有人翻印他的文章，未得他允許，把文章內之年代都改成西元了。他非常憤怒。其實，更改之處甚多，豈止年代？爸爸不習慣用公元，但並不反對別人用。

爸媽給我的家書，在一九七五年以前，都用郵筒，當然是為了節省郵費。但是一九七五年以後，漸改為航空信封，並且說明以後不再用郵筒了。這個轉變，我不明確知道為甚麼，因我沒問過爸爸。但我猜測與他的年紀有關。上了年紀的人常會想到身後之事。寫信記年和改用信紙信封都是為了後人的方便。爸爸做事一向深謀遠慮，為他人着想，此一例也。

爸爸之愛收信，在《雅舍小品》初集《信》一文中描寫得淋漓盡致。他收信時心情之迫切和發信時不相上下。郵差前腳剛走，爸爸就已飛奔出去取信了。如果由家人代取，最好三腳併兩腳，趕到信箱，將信取出，亂七八糟一大堆一古腦兒全部交給爸爸，由他分發，他要先睹為快。若有人有同癖，也要先睹為快，或慢條斯理，讓爸爸乾等，他會十分光火。爸爸是個十分心急的人，得自祖父真傳。我曾見過一位真沉得住氣的先生。他看到信件不慌不忙，慢慢分類，置於桌上。然後燒一壺開水沏茶，看電視新聞，然後吃晚飯，飯後悠哉悠哉的拆閱信件，修養可算到家了。

爸爸的家書內容豐富，筆調生動。讀其文如人在室，閱其字如音在邇。我與爸爸三十年來聚少離多，全以紙筆代喉舌。惟因書信頻繁，內容巨細靡遺，不見面反而比見面彼此了解更深。因為有時表達靈魂深處的感受，筆談勝面談。

爸爸強調寫抒情文章要細膩。他自認《槐園夢憶》還不夠細膩。若論細膩我想他的家書可稱細膩，因為不是為發表而寫，可以百無禁忌，直言無隱。雞毛蒜皮，包羅萬象，調侃諧謔，異趣橫生。但有時，輕輕的幾句淡描，勾出了淒愴悲戚的心境，鐵心人也會為之動容。我想好信恰如好文，但求其真。

爸爸的信如其散文，文白相摻。常引古人句，或吟詩填詞以抒情。但幾無例外，所有詩詞皆為感傷之作。不知為甚麼，人在得意快樂時就沒心思去咬文嚼字的寄情詩詞了。

爸爸有藏信癖（見雅舍小品《信》），但藏信標準並不全符《信》文中所提各點。常有例外。依我旁觀，例外每出於一個「情」字。如果爸爸對寫信人有情，不管是恭楷、潦草、橫寫、豎寫、有無標點，一概收。一收就是一輩子。爸爸早年最大的收藏當推爸爸留美時爸媽互寫的情書。那是份量很重的一大捆信，密藏在一個細長的小櫃中。這個小櫃在有雕木罩蓋的古式大床的兩側下方，小櫃沒有鎖。塵封的那捆信就藏在小櫃深處，外面放滿了媽媽的鞋。我小時喜歡趁媽媽不在家時，偷穿媽媽的高跟鞋，沒想到把鞋取出後，發現在黑洞洞的櫃底有一大卷紙。我用長棒把它鈎了出來，信紙上全是密密痳痳的蠅頭小楷。那時，我太小，還不識幾個字，更不明白甚麼叫情書，只知道有些神秘，很害怕。所以，一聲不響的又把信放回小櫃最深處，佯作不知。一九四八年冬，爸爸倉促離平時，付之一炬。為了此事，媽媽十分傷心。

爸爸珍藏的朋友的信不多，但是很精。有幾封信已發黃蟲蛀，更顯珍貴。一九六八年，我向文墨軒蕭老闆習裱畫，順便為爸爸的舊信託裱，得以留存，已陸續在爸爸寫的紀念文字中發表。

爸爸最後想要珍藏的信是他自己寫給我的家書。三十年來已積存逾千封。爸爸在世最後幾年中，每年都要盤問我是否收妥。我想他如此珍惜他自己的信，恐怕也是一個「情」字吧！

爸爸的打字機

我不知道我幾歲開始記事，總之，抗戰以前的事是非常模糊的。那時我住在北平的老家，只有幾樁事似乎依稀有些印象。其中之一是一種熟悉而又神秘的聲音，「嗒嗒嗒，嗒，嗒嗒嗒嗒嗒，嗒……」單調卻有節奏。這種聲音時時自小南屋傳出來。小南屋是一間陰暗坐南朝北的房間，窗外有四大棵十分茂盛的紫丁香樹，使光線更不易照入屋內。窗下還有一畦玉簪花，花開時，異香撲鼻。這間屋內有一種特殊的氣味，也許就是「書香」吧！一進門，左手靠牆是自地到頂棚（南方語為天花板）的大書架，看不到牆。右手是一個非常大的兩人對面坐的寫字枱。寫字枱上有書，煙灰缸，文竹之類的擺飾，還有毛筆架，硯台和一個綠色的小水罐，罐內有一銅質小勺。寫字台的正中常擺着那個會發聲音的神秘的機器。在那時，我幼小的心靈裡，這個機器與核子反應爐一樣偉大。它代表着一個深不可測的知識領域。這個機器是爸爸的玩具，我是不能玩的。我知道。所以我特別想玩。我彷彿記得，我趁爸爸不在時，偷偷進去摸過機器上的圓形鍵盤，對這個黑色高高的機器充滿敬意。家中唯一可以與這架機器媲美的是媽媽的勝家縫紉機。

在抗戰期間，爸爸隻身遠走後方。爸爸走了，那「嗒嗒嗒」的聲音也沒有了。小南屋一直空着，屋裡更黑。陰涼涼的。我很少進去。抗戰勝利後二年，我們全家又回到北平的老家，小南屋的主人又坐回他的老位子。不知從甚麼地方又把那架出聲的機器請出來了。於是，我又聽到了那熟悉的「嗒嗒」之聲。但是，神秘感沒有了，原來是一架英文打字機！鍵盤上面的字我也都認識了。雖然如此，想玩打字機的心情並未稍減。

一九四九年我和爸媽到台灣，只帶了隨身衣物。打字機當然就留在老家了。此後，爸爸任教師大，課餘為遠東圖書公司編初中英文教科書，貼補家用。因此，家中又添了一架打字機。爸爸做事勤奮，整天坐在打字機前。我很少有機會玩一下嚮往已久的玩具。那時，我已上高中二年級，認識了幾個英文字，更覺手癢。後來，在暑假裡我下決心要學打字，便向爸爸請求，准我玩他的打字機，爸爸說可以，但是不能妨礙他的工作。在不妨礙他工作的條件下，唯一時間是他午睡的時刻。於是，我天天盼望着午飯後的那一小時，爸爸去午睡，我就坐上他的寶位（只是一把破藤椅），找一本英文書，就照着一個字母，一個字母的打將起來。初學時記不得字母位置，找半天才能「嗒」一聲打出一個字母，又過半天，再「嗒」一聲。雖然學得很慢很辛苦，可是樂在其中。一小時很快的就過去了。爸爸要回來工作了，我只能讓位。如是者一連好幾天，爸爸終於沉不住氣了。爸爸說：「小妹，你學打字是可以，能不能請你打快一點？我剛要睡着，你就『嗒』一聲，把我吵醒，我就等着你的下一聲，等不及，剛睡着。你又『嗒』一聲！」我不禁哈哈大笑，看着無可奈何的可憐爸爸，充滿愛憐的向我抗議。不知爸爸犧牲了多少個午覺，那個暑假我總算玩夠了打字機，一償夙願。現在回憶近四十年前的往事，那個打字機，那破藤椅，爸爸在隔室地上（榻榻米）輾轉反側，不能成寐的情景，不禁心酸淚下。自我長大後，我不記得爸爸曾對我責罵過。為了成全我，事無巨細，他總是忍耐。

自從我學會打字以後，爸爸就漸漸依賴我為他清洗打字機，和換色帶。日久天長，依賴成性，爸爸索興認為保養打字機是我的專職。我也很得意，被爸如此重用。後來，我到美國讀書，一去幾年。爸爸的打字機沒人管了，他只得自己動手換色帶。每次家信中都抱怨，他有多麼的笨手笨腳，弄得兩手全黑，一塌糊塗。我只知道他在想我。

爸爸在編字典的那些年裡，經常日以繼夜的在打字機前工作。我家的女傭人不懂英文，也不明白稿子是甚麼。她只知道梁先生在那架機器上打，還不停的寫。然後，有人到家裡來把那些紙都取走。過幾日，又有人送錢到門口。這位天真的女傭人日久生疑。終於忍不住，一日，開口問媽媽：「太太，先生整天在家打字，寫字，不出門。過不久就有人到門口送錢給他。我能不能問問，他到底是做甚麼的？」媽媽為她解釋先生是鬻文為生的。女傭人恍然大悟，對那架打字機頓生好感，讚曰：「噢！那打字機原來是印鈔票的！」

就靠這架印鈔票機，我家生活漸漸自貧乏進入小康。印鈔票的工人頭髮漸漸的稀疏了。歲月在那「嗒嗒」聲中逝去。

一九六三年，我攜長子君達返台探親。時君達剛滿兩歲，是媽爸親眼見到，親手抱到的第一個孫輩。自然寵愛非凡。爸爸為了不受家人干擾，工作時常把書房拉門緊閉。但是卻關不住那「嗒嗒」之聲。君達在美國生長，天不怕，地不怕，想幹啥就幹啥，拉開書房門，伸頭進去，說：「公公，打字機，打字機！」這是君達第一次說出三字詞彙，引得公公大笑。一把將君達抱起，祖孫二人大玩打字機。我看得目瞪口呆。我等到十六歲才能玩爸爸的打字機，此子兩歲就可以用小手指亂按一通！時代變了！以後的廿餘年中，爸爸常提起君達說「打字機」時的日子，懷念他初做祖父時的甜蜜。

時代真的變了，機動打字機很快的被淘汰了。我買了一架電動打字機給爸爸，我以為他會喜歡，但是爸爸怕「電器」，凡屬「高級科技」的玩意兒一概束手。後來，我建議買個英文文字處理機（Word Processer）來玩時，爸爸連呼「萬萬不可」！只得作罷。

爸爸故後，我傷心的整理爸爸留存在我家的衣物。在他的書櫃裡還存着一架破舊不堪的打字機。我打開盒子看着那磨損的鍵盤，剝落的油漆，只有我會給他換的色帶……引起我一連串的回憶。在我心的深處又響起了那神秘的「嗒嗒」之聲。

聽故事

爸爸一生教書為業，全靠三寸不爛之舌。話古道今。在課堂上，時而道貌岸然，時而談笑風生。據聽過爸爸講課的學生說：「上梁教授的課是一種享受。」我從來沒有機會坐在爸爸教室中旁聽過，但是聽爸爸在家中的「即席演講」卻是家常便飯。

爸爸心情好的時候，喜歡講故事。聽眾無需多，只要聚精會神，依故事情節作適當的反應，爸爸就會愈講愈賣力，甚至會比手劃腳，載歌載舞，表演起來。講畢，他會渾身大汗，氣喘吁吁。媽媽這時一定會端上香片一杯給爸爸潤場。

我記得爸爸有兩位忠實聽眾。一位是陳之藩先生。陳先生怕鬼，所以爸爸最喜歡給陳先生講鬼故事。爸爸常講的是「趕屍」的故事。大意是「趕屍」的人夜間休息時，命一排排的屍體靠牆站立，第二天再接着趕屍。陳先生每次聽說要講鬼故事，就立刻用雙手堵住耳朵，苦苦哀求不要講。但是他從來沒有逃走過，只是急得亂跺腳。等到故事講完，陳先生告辭時，多半已夜深人靜。巷內映着淡黃色的路燈，陰森森的使人毛骨悚然。這時我們互道晚安，爸爸必定要鄭重忠告陳先生走巷子當中，別撞倒牆邊立着的殭屍。然後賓主盡歡而散。

另一位忠實聽眾是爸爸清華同學徐宗涑伯伯之次子徐世棠先生。一九四九年夏，我家初還台灣，世棠常騎自行車來我家央請爸爸講故事。爸爸看他冒暑前來，從不忤其意。閒話家常之後，必定為他來個「專題演講」，講題多半是《西遊記》、《三國演義》或《水滸傳》中之一段。我每次必列席旁聽，媽媽則負責茶點。

爸爸講故事不注意細節。故事大致不差即可，常常為適應聽眾興趣及智齡，加油加醋，使故事更加生動。有時也會作繭自縛，不得圓場。有一次，爸爸給孫輩講司馬光打破缸的故事。這故事本太簡單，不夠滿足孩子們的胃口。所以爸爸臨時在水缸中加了幾條金魚，隨後也就忘了交代。沒想到故事講完後，孩子問：「那幾條金魚是不是乾死了？」

記得抗戰前，我小時候，住在北平。爸爸常在臨睡前給我們三個孩子講故事。我們最喜歡擠在爸爸的床上，甚至鑽到他的被窩裡聽故事。我最小，最愛哭。每講到悲哀處，我會情不自禁，一掬同情之淚。媽媽在旁必會罵道：「叫你哄孩子，怎麼又惹小妹哭了！」於是爸爸立刻見風轉舵。我那時聽的故事都記不得了。只有一個故事印象深刻，至今不忘。那個故事是一個孩子走丟，找不到媽媽了。……（我開始哭）。（經過媽媽罵過之後）……爸爸說後來有人在那孩子的額頭上貼了一張郵票，就把他寄回家去了。（我又破涕為笑。）

抗戰勝利後，舉家自渝返平。我們又恢復了晚上擠在爸媽臥房聽故事的老習慣。爸爸有一天講了一個很長的故事。我困極了，就蜷曲在爸身旁打瞌睡。故事講完後，爸爸說該睡覺了。我實在不想動，就假裝睡熟了。爸說：「不要吵她，我抱她上床去睡。」哥姐大為反對，說我裝睡。結果還是爸爸抱我上了床，給我蓋了被子。我甜蜜的睡去。一直到今天，我還記得這一幕。我從來沒有過嚴父，我只有慈父和慈母。

一九七〇年媽爸來美遊歷，又得與我們歡聚。每晚爸爸都要為孫輩講一個故事，我負責錄音，計劃將來或可成集。如此斷斷續續錄了十數段。後來孩子大了也就停止了。如今。雙親均已作古，整理相片，重聽錄音，音容宛在，往事如煙。逝者已矣，生者何堪？

爸爸有時講故事是動真情，聲淚俱下的。我小時聽到過爸爸清華同學張心一的故事。張老伯為人清廉，正直不阿。張老伯的故事是我聽過的所有的故事中最動人，最使我不能忘懷的一個。但是年代久了，故事的細節已淡忘，所以一九八六年，我赴台探望爸爸時特別請他再為我講述一遍。我們父女二人當時在三六九樓上吃湯包。爸爸一邊吃一邊娓娓道來：

「張心一曾任甘肅省建設廳廳長。某日獨自騎摩托車至鄉間視察。遇上土匪一夥。被擒，綁於樹上。匪徒此時擬宰羊燒而食之，苦無利刃割肉。張說有好刀一把可供使用。匪取而試之，果鋒利無比，因而開始交談，詢之職業，告以為建設廳長。匪問：『你難道就是張心一嗎？』曰：『然。』匪仍疑，驗明證件始信。匪大窘，張心一是有名清官，怎可冒犯。立即鬆綁道歉，並享以烤羊肉，護送到縣城城門下，告辭而別。」

說至此，湯已冷，茶亦涼，我聽得入神，早已忘卻吃飯。爸爸又接着說下去：

「張心一曾任銀行稽查。某日，被銀行界大亨邀約飲宴。張未到席，後詢以何故，張曰：『我是稽查，怎可吃他們的飯。吃了飯，將來查帳不好意思。再者，我已領了出差費，其中包括伙食費，怎可再接受招待？』結果張在路旁小食攤上充飢果腹。」

說到這裡，爸爸說不下去了，他想念他的老友，只今生無緣再聚首矣。稍息片刻，爸爸又告訴我兩椿張老伯的趣聞：

「某年，張心一住在上海國際飯店，出門後不得歸。因衣衫簡陋，不似貴賓。後驗明正身仍不得入。幾經交涉，警衛勉為其難，命其自後門入。」

「張心一愛吃生蔥大蒜，而夫人長於上海不吃蔥蒜。婚後生活為此十分苦惱。一日，到我寓所，索大餅蔥蒜數盤，狼吞虎咽，大快朵頤，食畢揚長而去，日後音訊杳然……。」

爸爸言及此，已老淚縱橫。我也為張老伯的高風亮節感動得泫然淚下。鄰座食客為之愕然。

一九八七年七月我赴大陸旅行，趁便至北平拜見久仰的張心一老伯。張老伯已年逾九十，走路毫無蹣跚之態，若六十許人。我與張老伯初次見面，直陳仰慕之情。孰料張老伯笑謂：「我有甚麼好看？我是個怪物。」

我對爸爸講的故事中的細節，常有懷疑，但我認為無傷大雅。講故事不是寫歷史，是趣味、是教育，目的達到則無憾矣！

爸爸和貓

爸爸不是個天性愛貓的人。記得我在北平時，廚房裡常有野貓光顧，把晚餐的魚偷去吃掉，惹得傭人大呼小叫。爸爸主張「見頭打頭，見尾打尾」，以除貓禍。一日嚴寒，野貓走入廚房，企圖取暖，見我們並未驅逐，竟得寸進尺，一直走到爐下蜷曲而臥，享受片刻安逸。爸爸輕輕的伸一隻腳伸至貓腹下，猛然一踢，將貓攢出一丈多遠，摔落牆根，狼狽而逃。我見情心痛不已，但不敢批評爸爸之殘忍，獨自回房，臥在床上哭泣，半晌才出來吃晚飯。那時爸爸四十三歲，我只有十三歲。

爸爸到了台灣之後，大概是年紀見長，也許是生活日趨安定，脾氣愈來愈溫和了。我家前後養了幾隻貓。深受媽爸寵愛。記得爸爸冬天睡午覺時，小貓曾鑽到爸爸臂彎裡去取暖打呼嚕。爸爸醒了也不敢動，怕驚擾小貓清夢。小貓長大，很快就懷胎待產。我們一家都跟着興奮。一般母貓都會自動尋找吉地造窩生產。我們的貓並不喜歡我們為她準備的紙盒，每次都選中爸爸書桌下之字紙簍。母貓生產前後，據說，不可窺視，否則貓會把小貓吃掉。不知有無根據，爸爸樂得放假一天，不寫作，如產房外面焦急的父親一般，坐立不安，靜待小貓咪們一個個的降臨。在小貓長大的過程中，爸爸也充分的享受小貓的頑皮活潑。我們從沒帶貓看過病，也沒給貓洗過澡，當然更沒想到把公貓閹割，變成又肥又懶的閹貓。

一九七八年三月底，爸爸又和貓結了緣。這頭貓是一隻白色微有黃斑的野貓，乖得出奇，從不上桌。斯文之極。爸爸給牠起了個名字，叫「夜貓子」，因為夜裡不睡覺。「夜貓子」胃口特好，不久即長得又肥又大，開始叫春。爸爸在無可奈何的心情下，同意給「夜貓子」施行閹割手術。貓本畜牲，是主人的寵物，談不到「貓權」，和前清皇帝有權把好好的男孩子抓來閹割變成宦官一樣，完全是為了滿足一己之欲。但是爸爸對「夜貓子」動了仁心，把貓當人來愛時，就感到十分歉然了。

是年夏，爸來美小住兩個月。臨行時，為了投爸爸所好，我為「夜貓子」買了美國罐裝貓食，化妝用品，包括洗澡粉，貓項圈，貓刷之類。爸爸回台後，立刻來信報告與「夜貓子」團圓的經過：

「我們的貓，不能不提，因為算是家中成員之一了。兩個月不見，長得好大好胖，看見我張開嘴，咪噢的一聲，像是認識我，我拿起一抱，哇！重得很，整整的五公斤。我們買的美國貓食他不吃（爸爸從來不用『牠』字。），好像不對胃口，算是我白費了一番心。他不欣賞洋葷，天生的土包子。」「夜貓子」一點都不「土」，牠每日享盡貓福，吃的是除去刺的鮮魚丸子，有時輔以牛肉和燻雞腿，有這種伙食，誰要吃罐頭？「夜貓子」的魚不是貓魚，是人吃的魚。魚資自每日二十元漲到每日六十以至八十元。使人咋舌！

貓，除非餓極了，都喜歡少食多餐。「夜貓子」也不例外。每天早上的一頓魚由爸爸餵。先煮好魚，除刺，放在盤中。這是一串冗長的過程。有時爸爸忘記了魚在火上煮，專心寫作，就會燒乾了鍋。吃剩的魚就放在客廳的正中間，為放擺飾的一個小平台上，可由「夜貓子」隨時取食。有時，我有點迷惑，不知誰是主人，誰是寵物。

貓有利爪，要不時磨爪，是為運動抑或動物攫食本能，就不可得而知。在美國一般養貓家庭中，都備有一根木柱，上裹地毯，專為貓磨爪用。爸爸家無此設備。「夜貓子」有自由決定磨爪之處，於是沙發椅套遭了殃，當我提出改善辦法時，爸爸笑瞇瞇的說：「不要緊，隨他去！」

同年十一月，爸爸來信，宣佈給「夜貓子」取了封號「白貓王子」。本來「夜貓子」不僅不雅，且具貶意。爸爸是早起早睡的人，對不能早起早睡的人或貓都認為是懶。我在這一點上不能和爸爸同意，因為我自己早起就是被迫的，但是我絕不是懶人。我認為一個人是否懶取決於起床之後做些甚麼事。許多作家、詩人、思想家、數學家都是「夜貓子」，他們的思想在夜間更為敏銳。人體內的生物鐘本不是二十四小時，多數人是二十五小時。這項科學發現或可解釋許多人早晨起床需要鬧鐘。爸爸不會因我的辯白而對不喜早起的人改變態度，但對「夜貓子」的疼愛卻使他不忍過於苛責，因此，封為「王子」。爸爸說封為「王子」是因為嬌養過甚，略有自嘲之意。其實「王子」二字尚不能盡達這頭寵物在家中的地位。無論哪國王子也不能在飯桌上盤盞之間自由漫步！

「王子」在爸爸家中所受之恩寵不僅只是食宿之奢華，主要是「王子」在爸爸心靈中所佔之地位。爸爸的信中經常報導「王子」的一切，若略有起居違和，字裡行間洋溢着由衷的愛憐。一次，為「王子」備膳，摘刺不淨，一根刺卡在喉嚨裡，兩天不進飲食。打電話給獸醫，說灌蛋白可以急救，否則要開刀。嚇得爸爸魂飛膽散。幸蛋白奏效，後漸癒。爸爸歎喟：「……怪不得你外婆在時會說『帶根的多栽，帶嘴的少養』，帶嘴的實在麻煩。」

爸爸自己不肯檢查身體，諱病忌醫，嫌麻煩，怕吃苦。但是帶「王子」看病，或延醫出診卻從不怠慢。有時過煩，也曾表示過後悔之意，但是生了感情，再煩也不能丟棄。「王子」所引起之煩惱恐非一般養貓人可以想像，下面兩段信可見「王子」健康問題之梗概：

「我們的小貓（小？）寵壞了，吃魚過多而缺運動，腿細而肚大，所以從高處躍下容易跌傷，傷腿，傷頭，傷牙。病一回要延醫多次，打針餵藥。我主張給他節食，但貓非由我獨餵，所以不易減肥，時常吃得吣了出來。生客初來常驚呼：『好大的貓！』他自己不肯上樓，等人來抱，因為太重，十幾公斤。」

「我們的大肥貓病好了。獸醫不止一次警告不可餵過量，但聽者藐藐，我也沒有辦法。……我發現節食比戒煙戒酒還難，非大英雄大丈夫不辦。」

有一次，爸爸家中請了一位按摩師，順便請她為「王子」按摩一番。按摩師大驚，說是一條狗！「哪有這樣大的貓！」經解釋此乃「白貓王子」，始半信半疑的說：「啊！啊！這就是了。」

「王子」給爸爸的生活雖添了許多苦惱，卻也增加了等量的慰藉。爸爸沒事閒坐時，和「王子」兩人玩乒乓球遊戲，爸爸拋過去，「王子」銜回來，略通人意。爸爸寫稿時，牠就跳上書桌，趴在稿紙上，爸爸拍拍牠，牠睡着了。爸爸只好停工，由牠在稿紙上睡。唐明皇寵楊貴妃，亦不過如是。無怪乎爸爸曾說若有人出價買「白貓王子」，兩百萬也不賣。情感豈是阿堵物所能替換？

「王子」在爸爸的情感生活中比重愈來愈大。我開始擔憂。貓最長可活十五六歲。如果貓先去，爸爸是否受得住這一擊？爸爸於一九八二年夏回台後的第一封信中說：「白貓還認識我，對我很親熱。有一個人說：『我見過的人愈多，我越愛我的狗。』吾於貓亦云然。」第三十六封信中說：「……白貓王子非常可愛，對我特別好，也許是因為我餵他之故，有時候很令人感動，將來總有一天要和貓永別，我不知怎麼辦好。」第四十五封信中說：「……我想說話的時候，除了自言自語之外，就是對着我的白貓王子說話。貓不回答我，我也滿意了。我拍拍他，摸摸他，彼此都得到滿足。我現在不敢想，如果有一天，我不在了，貓怎麼辦，如果有一天，貓不在了，我怎麼辦？不敢想，不敢想。」爸爸和「王子」就這樣相依為命的又度過了五年。

在這五年中，我每年平均回台一次探望爸爸。很想也和「王子」做朋友。但總是高攀不上。「王子」很聰明，牠大概覺出我是牠的「情敵」，對我頗不友善，我摸牠，牠就走開。我抱牠，牠就掙扎。有一次，我因越洋飛行日夜顛倒，在爸爸的沙發上小寐，爸爸把「白貓王子」的鵝絨嬰兒被蓋在我腳上取暖。我迷迷糊糊睡去。忽覺有人推我，驚起。原來是「王子」大怒，正欲搶回牠的私用鵝絨被。我赧然道歉，雙手奉還，庶免一場血戰。自此，我對「王子」又多了一分敬畏。

「王子」自從與爸爸成了莫逆，頗出了一點小名。每年牠的生日都有祝壽專文在報端發表，爸爸藉以抒情。一九八〇年九歌出版社出版爸爸的散文集《白貓王子及其他》，以「王子」玉照為封面。「王子」還有名畫家為牠寫生的肖像。貓若懂得人世間的榮華富貴，「王子」則條件具備，可以藐視儕輩了。

我最後見到「王子」殿下是在爸爸去世後，一九八八年三月。在幽暗的客廳裡，我彎下身來，輕輕的摸牠的頭，牠沒躲我。牠的驕氣蕩然無存，牠抬頭望了我一眼，眼神是溫存的，無奈的，淒涼的。我索與坐在地上陪牠。我和「王子」之間無需言語，我們都是失去爸爸的孤兒，一瞬間，我和「王子」感到無比的接近。

我感激「白貓王子」，牠做到了我沒做到的。

爸爸的性格

一個人的性格很難描述，絕不是三言兩語說得清的。因為性格是多層次的，因年齡環境之更遷常有轉變。對一個人的認識愈膚淺愈易下評語，因為只知其一，不知其二，三或四，認識深了，似乎找不到一句適當的詞句可以概括的描述一人的全貌。

我認識爸爸，可以算不淺了。所以提起筆來竟尋不到詞句形容他的性格。我若說爸爸很風趣，我曾見過他嚴肅的一面。若說他開通，我可以舉例證明他有時也很頑固。若說他慈祥，他也有冷峻，令人不寒而慄的片刻。苦說他勇敢，他膽怯時也不少。若說他曠達，我知道他有打不開的情結。他曾及時行樂，也曾憂鬱半生。他為人拘謹，有時也玩世不恭。他對人重情，也可以絕情。我想這就是我對爸爸性格的最忠實的描繪了。也許在許多人們心中爸爸是一位可敬的教授，學者，作家，長者。而對他有某種框框式的期許，但是所有世界上的教授，學者，作家，長者都是有血肉之軀的人，也正因為如此，他們才能體會人生，享受人生，創造人生，忍耐人生。他們所留下的文字才會深刻動人。

知爸爸最深的當首推媽媽。媽媽雖已去，我仍可借用媽媽的一句名言來形容爸爸的性格，就是「寧死棒兒骨」！這大概是一句故鄉土語，表示性格倔強到不可理喻的地步。我認為這句話不但一針見血而且傳神。爸爸之倔強不服輸是他多面性格中很突出的一面，這種氣質一直影響他做人做事到生命的終點。

爸爸年輕時頭髮又黑又多又硬，耳殼緊貼頭皮，非常硬挺，我常用手指去扳動他的耳殼，試試到底有多硬，笑問：「爸爸，你的耳根子怎麼這麼硬啊？」北平土語「耳根子硬」是不聽人勸之意。後來爸爸老了，頭髮日漸稀疏，而且變得十分細柔，耳殼也不那麼硬挺了。但是他的「耳根子」還是很硬。

大約一九七九年左右，爸爸到美國來看我。我和爸爸在君達臥室中閒談。忽然爸爸若有所思的說：

「我這個人做事如果做錯了——就一直錯到底。」

我知道爸爸何所指，無需說明。我們常常這樣沒頭沒腦的交談，無礙思想的溝通。

「那你不是太苦了嗎？」我搭訕的說。

「那沒辦法。」爸爸斬釘截鐵的回答。

「…………」

「…………」

我和爸爸長談、短談，近些年來何止千百次。但是沒有一次比這次的對話更簡單明瞭，給我的印象更深。這次的對話是一字不差的銘刻在心，恐怕我一生也不會忘記。有人說爸爸這種倔強的性格是好漢打落牙合血吞。

倔強的人做錯了事，有時吃虧吃苦，一直苦到底。但是如果做對了，豈不是一直樂到底嗎？所以爸爸就靠了這種倔強、固執、堅毅的精神排除萬難，完成莎氏全集的翻譯工作，寫完英國文學史，每天與懶惰決鬥，節節獲勝。

如果眼淚代表軟弱（不盡然），爸爸是愈老愈軟弱了。爸爸年輕時，我沒見他哭過，即使處逆境，或有喪父之痛，淚也不輕彈。如果眼淚代表的是無可抑制的傷感，爸爸晚年的淚卻像槐園的泉水，汩汩長嗚咽。

編者注：梁文薔為梁實秋之女。

本書尚有個別作者聯繫不上，見書後，請與本社編輯部聯絡，以便奉寄樣書與稿酬，謝謝！

三聯書店（香港）有限公司

編輯部敬啟